mesmo rio

elisama santos
mesmo rio

6ª EDIÇÃO

EDITORA RECORD
RIO DE JANEIRO • SÃO PAULO

2025

Copyright © Elisama Santos, 2022

CIP-BRASIL. CATALOGAÇÃO NA PUBLICAÇÃO
SINDICATO NACIONAL DOS EDITORES DE LIVROS, RJ

S234m Santos, Elisama
Mesmo rio / Elisama Santos. – 6. ed. – Rio de Janeiro :
Record, 2025.
280 p.

ISBN 978-65-5587-605-5

1. Romance brasileiro. I. Título.

22-79169
CDD: 869.3
CDU: 82-93(81)

Gabriela Faray Ferreira Lopes – Bibliotecária – CRB-7/6643

Todos os direitos reservados. Proibida a reprodução, o armazenamento
ou a transmissão de partes deste livro, através de quaisquer meios, sem
prévia autorização por escrito.

Este livro foi revisado segundo o Acordo Ortográfico da
Língua Portuguesa de 1990.

Direitos desta edição adquiridos pela
EDITORA RECORD LTDA.
Rua Argentina, 171 — São Cristovão
20921-380 — Rio de Janeiro, RJ
Tel.: (21) 2585-2000.

Seja um leitor preferencial Record.
Cadastre-se em www.record.com.br
e receba informações sobre nossos lançamentos e nossas promoções.

Atendimento e venda direta ao leitor:
sac@record.com.br

ISBN 978-65-5587-605-5

Impresso no Brasil
2025

"Ninguém pode entrar duas vezes no mesmo rio, pois quando nele se entra novamente, não se encontram as mesmas águas, e o próprio ser já se modificou."

HERÁCLITO

1. A notícia

De dentro do carro, a rua quase vazia, Rita observava a casa, ainda sem acreditar. O coração pressionava o peito, um misto de raiva e medo. Na última vez que havia passado por aquele portão, prometeu que jamais voltaria. Cada pedaço daquele lugar era familiar e estranho ao mesmo tempo. Será que a dona Jaci, que morava na 35, ainda estava viva? Deu-se conta de que havia pouco mais de dez anos desde aquela ceia em que tudo aconteceu.

Injusto pensar que *tudo* aconteceu naquele Natal. O fim é um copo que se enche aos poucos, com palavras ditas e engolidas. É um copo cheio de olhares rancorosos, de contas em aberto, de expectativas não assumidas, de frustrações. Relações bem cuidadas se transformam, tomam novos rumos. Em nada parecidos com aquele que mantinha Rita paralisada havia quase trinta minutos, olhando para o portão enferrujado, reunindo coragem para entrar.

Não saberia listar quantas vezes engoliu as próprias palavras por amargar a certeza de que não adiantaria libertá-las. Também não saberia listar quantas palavras ditas pelos outros a feriram e a fizeram sangrar em silêncio. Os *outros*. Fazia sentido pensar neles assim — outros —, apartados dela. Pessoas que compunham uma família feliz da qual ela nunca se sentiu parte. *Feliz* talvez fosse um exagero, não conseguia acreditar na alegria deles. Ela se via como uma intrusa. Lembrou-se de uma amiga dizendo que família é apenas uma aleatoriedade genética. Tantas não compartilham a genética e são mais felizes que a sua. A família de Rita eram o marido e o filho. Aquelas pessoas ali, não. Elas faziam parte de uma história que desejava esquecer.

O que faz de alguém família, afinal? Nascer de um mesmo pai e uma mesma mãe? Não necessariamente compartilhar o sangue, mas viver junto sob um mesmo teto? O que os títulos de pai, mãe, avô, avó, filho, filha fazem com a gente? Quantas expectativas eles carregam e quanto apagam a nossa humanidade e a das pessoas com quem convivemos? Será que o título, por si só, garante o amor?

Observou os carros estacionados em frente à casa e tentou adivinhar a quem pertenciam. Uma suv grande e um compacto híbrido. Podia apostar que eram dos seus irmãos. Um carro grande para comportar o ego inflado de Lucas, o homem da casa, o grande orgulho da mamãe, e um ecologicamente correto para Marília, a senhora perfeita, a rainha das boas escolhas, consciente e superior aos reles mortais.

Enquanto as lágrimas escorriam, um tremor percorreu todo seu corpo. Lembrou-se do exato momento em que recebeu a ligação da irmã, contando que a mãe estava doente. A mãe que ela tentou, de muitas e muitas formas, apagar da memória. A mãe que ainda tinha uma voz alta e forte dentro dela, criticando suas roupas, sua aparência, sua forma de falar e de andar. Criticando suas escolhas.

Ela nunca tinha pensado na finitude dessa mãe, na possibilidade de ver abaladas a sua altivez e frieza. Mas a mãe estava doente, com um câncer em estágio avançado, aguardando o dia em que não acordaria mais. Rita não conseguia acreditar. Dez anos sem ver a mãe, oito sem escutar sua voz. Por que a possibilidade da morte doía tanto?

Já não sentia raiva, mas um misto de tristeza e alívio. A relação delas acabaria sem o esperado pedido de desculpas, sem o reconhecimento que cresceu desejando receber. Aquele seria o fim definitivo, sem reviravoltas. Ela seria, para sempre, a filha difícil, reclamona e problemática. Seu filho não entraria na casa da vovó, correndo pela sala, feliz por estar em um lugar acolhedor e amoroso. Ela não viveria almoços de domingo cheios de lembranças doces e engraçadas. Pensar nisso fez a dor no peito aumentar. As lembranças não mudariam. Não havia discurso bonito de ressignificar a própria história que fizesse a sua infância ganhar cores mais alegres e felizes. A morte da mãe encerrava a história sem o tão sonhado final feliz.

Rita, a caçula da família, cresceu escutando que o pai e a mãe a amavam mais do que tudo no mundo e que os irmãos eram os seus melhores amigos. O vínculo não precisava ser nutrido, o sentimento não precisava ser demonstrado. A medida do afeto era dada pela hierarquia familiar, não pela conexão genuína. "Não é o amor que sustenta os relacionamentos, é o jeito de se relacionar que sustenta o amor." Precisou escutar a própria voz para lembrar que não havia nada de errado em separar o amor das expectativas sociais.

Depois de anos de terapia, entendeu que amor não é aquilo que a impede de ser quem é, que tira sua autenticidade e a alegria. Se não soubesse exatamente o que esse sentimento é — ela pensava —, corria o risco de aceitar qualquer coisa que tentasse se passar por ele, como tinha feito por tanto tempo. Ela nunca se sentiu amada pela família e sabia que nunca experimentaria isso. Naquele momento, precisou assumir que não os amava também.

Não sentir o amor que se espera que uma filha sinta pela mãe a enchia de culpa. Talvez por isso o fim também fosse um alívio. Não teria mais que lidar com os olhares de reprovação e desconfiança quando, honestamente, contava que a mãe não viria em seu aniversário porque não se falavam. Diria apenas que a mãe morreu. Que a orfandade era real, não mais uma sensação. A morte da mãe era a morte da esperança nessa relação. E a morte da esperança, nesse caso, era, também, um alívio.

Na primeira vez que torceu para a mãe morrer, tinha sete anos. A menina brincava no quintal, quando a mãe e a irmã apareceram. Marília estava com o uniforme da escola, sempre impecável e limpo. Seus cabelos, perfeitamente presos em um rabo de cavalo que ela mesma fez. A mãe, com o pano de prato no ombro, as mãos nas cadeiras e o olhar impaciente, seu companheiro inseparável.

— Riiiiiiiiiiiiita, entre agora! — O "i" do próprio nome soava agudo e estridente ao sair de seus dentes cerrados. — Olhe esse cabelo, você está nojenta! Já não sei como agir com você. Por que não se parece um pouco mais com a sua irmã?

Antes que Rita pudesse responder ou reagir, a mãe chutou sua cabana de galhos e a casa de terra. Ao ver destruídos os grandes projetos que ocuparam toda a sua manhã, seu coração acelerou e os músculos ficaram tensos. E antes que pudesse se conter, o grito saiu como um trovão:

— Eu quero que você morraaaaaaaaaaa!

A mãe a olhou, ofendida, e falou, entre os dentes, no tom irritante do "i":

— Se eu morrer, quem você acha que vai cuidar de você? Seu pai? Suas tias? Se eu morrer, você morre junto sua ingrata! Você acha que é fácil te aturar?

• • •

Por anos, quis ser aceita pela mãe, até que desistiu. Agora, só se relacionava com quem realmente quisesse estar com ela. A mãe sempre deixou claro que a convivência entre elas era um peso que carregava por se sentir obrigada. Será que seu pedido de reencontro era um sinal de que se arrependera e reconhecera sua indiferença?

A porta da casa abriu, e uma versão cansada e triste da irmã apareceu, olhando para a rua de um jeito distraído. Era impressionante que, mesmo após a maratona de cuidados com o filho adolescente e com a mãe acamada, Marília continuasse linda. Era uma admiração genuína. A calça de alfaiataria cinza e a blusa branca ornavam perfeitamente com a pele escura. As tranças simetricamente presas em um coque davam a sensação de que tinha acabado de sair de um salão de beleza. Por anos, Rita quis ter a mesma classe e beleza que a irmã. Marília era o mais perto da perfeição que conhecia. Na infância, não eram íntimas, mas a proteção que ofereciam mutuamente uma à outra era a amizade que sabiam receber e ofertar. Quando se tornou mãe, Rita quis ligar para a irmã e contar que o bebê tinha olhos profundos como os dela. Em muitos momentos sentiu vontade de perguntar o que fazer para acabar com a praga de pulgão que apareceu na horta ou como preparar aquele bolo de banana integral. Mas não ligou nenhuma vez nos últimos dez anos. Como podiam saber tanto e tão pouco da história uma da outra?

• • •

Marília abriu a porta da casa e respirou fundo. A sensação sufocante não vinha do ar úmido daquele terrível verão, mas do quarto da infância que agora ela ocupava com o filho. A morte da mãe, que rondava os dias como um zumbido insistente, fazia com que questionasse a própria existência. Ela, que odiava incertezas, sentia que os planos esquematizados se tornavam possibilidades cada vez mais remotas. Fechou os olhos e deixou o vento contornar o rosto, como um afago. Fazia tanto tempo que não era acariciada que estranhou. Reabriu os olhos, alerta, alguns milésimos de segundo antes que pudesse relaxar.

O pesadelo tinha começado havia dois meses. Ela estava em uma reunião importante com o setor de marketing da empresa quando a secretária entrou na sala e deixou um bilhete em cima da mesa: *Seu pai ligou, é urgente, está muito nervoso.* O corpo doeu e uma sensação estranha tomou o peito. Marília estava acostumada a resolver problemas para os pais, mas uma ligação para a empresa era algo novo.

Ela queria sair correndo e ignorar os números e as projeções que estavam sendo apresentados, mas continuava sendo a única mulher na diretoria e sabia que sair de uma reunião por questões familiares afetaria sua imagem. Se um dos colegas faltasse para acompanhar a mãe no médico seria considerado um filho responsável. Para as mulheres, essa era a prova de que estavam no lugar errado, que cuidado e produtividade profissional são antagônicos. Estar ali exigia dela a comprovação constante de que daria conta.

Discretamente olhou as mensagens no celular, e a de Lucas chamou sua atenção. *Estou indo para o hospital, a mãe está passando muito mal.* A mãe. Uma vertigem revirou o estômago, foi engolida por um dos seus maiores medos. A mãe e o filho eram as pessoas que mais amava no mundo. A mãe era o seu porto seguro, a pessoa que estava a seu lado sempre que precisasse, a mulher mais importante da sua vida. Como podia estar passando mal, se tinha uma saúde impecável? Que tipo de mal-estar era aquele? Pediu licença e saiu da reunião sem muitas explicações, trabalharia na madrugada, se fosse necessário. Segundo o GPS, estaria no hospital em 35 minutos. Queria poder voar, se teletransportar.

Desde muito nova, se sentia responsável pela felicidade da mãe, tentando compensá-la pelo esforço e pela dedicação à família. Marília tinha uma enorme empatia por suas histórias tristes de infância. Também enxergava a distância emocional do pai e era confidente de medos e frustrações. A missão de sustentar a alegria da mãe era constante. E exaustiva para os seus ombros infantis.

No dia em que Rita gritou desejando que a mãe morresse, a mãe estava esgotada, Marília sabia. Ela andava pela casa com pressa, retirando o pó dos móveis, mexendo a comida borbulhando no fogão, verificando os uniformes escolares, emendando uma tarefa na outra, sem pausa, sem descanso, enquanto reclamava do cansaço, das crianças, da vida. A mãe falava, e o pai somente a escutava, em silêncio, tomando café e contando os segundos para deixá-los para trás e ir trabalhar. Mais que compaixão, Marília sentia que era sua responsabilidade exterminar aquela dor. Para agradar a mãe sofrida, ela já não brincava na terra com a irmã. Em vez disso, fazia os exercícios escolares, tomava banho cedo, organizava o quarto que dividia com a irmã. Pensava em detalhes desnecessários, se ocupava com a organização de coisas que não deveriam ocupá-la. Reconhecia as feições da mãe e, como quem olha o céu e prevê as mudanças de tempo, sabia quando seria preciso lidar com o comportamento dos irmãos. Nunca se sentiu irmã, mas responsável por eles. Lucas, apesar de mais velho, não se importava com a casa ou com a família. Rita tinha um dom natural de irritar a mãe, de desagradá-la, de tirá-la do eixo. Marília minimizava os danos que causavam à harmonia familiar.

Escutar Rita gritar com a mãe lhe despertou muita raiva. Era irritante aquele egoísmo da irmã, que jamais se moldava aos desejos maternos. Como não sentia piedade? Por que colocava os próprios desejos acima de um bem maior? Como ousava desejar? Cobrava de Rita uma maturidade que não esperava da mãe. Queria que a irmã, assim como ela, tivesse na mãe o centro da própria existência. Mas agora nada disso era relevante.

O planeta passou a girar ao contrário desde que pisou naquele hospital.

Foram horas aguardando o resultado da cirurgia de emergência, até que uma jovem vestida de azul-marinho e jaleco branco se aproximou. As palavras saídas da boca da médica pareciam não fazer sentido. Tumor, peritônio, intestino, metástase. "Sinto muito", dizia ela. Sentia muito por quê, exatamente? Que condenação aquelas palavras traziam para imprimir nos olhos da cirurgiã tamanho pesar?

A resposta veio nas consultas que se seguiram. Um câncer raro se espalhara pela membrana que cobre as paredes do abdome, vários órgãos estavam comprometidos e não havia muito o que fazer além da tentativa de amenizar a dor e proporcionar o conforto possível. O retorno para casa não seria sinônimo de cura e recuperação, mas uma oportunidade para despedidas.

Acompanhar o sofrimento da mãe, que piorava a cada dia, era dilacerante. Marília sentia ódio de Deus, dos anjos, de toda e qualquer divindade que permitira aquela tragédia. Sentia o cansaço das demandas que se acumularam às várias que já existiam em sua rotina. Sentia falta da sua casa, da organização do seu quarto, do aroma da sua roupa de cama, dos detalhes que faziam do apartamento algo único e seu. Sentia falta de ser somente ela e o filho, de sair do trabalho e tomar um banho demorado no chuveiro caro que escolheu com muito cuidado. Sentia falta da vida. Olhou o relógio e perguntou a si mesma onde estaria Rita. Ela prometeu que viria, por que ainda não havia chegado? Que rancor era aquele que não dava sossego nem mesmo agora?

Estava tão mergulhada em seus pensamentos que não percebeu a aproximação do irmão. Lucas tinha a feição calma e tranquila do pai, o mesmo olhar despreocupado, o mesmo sorriso leve no rosto cor de caramelo. Marília transferia para o irmão parte da impaciência que tinha em relação ao pai, à sua ausência emocional. É fácil ser leve quando outra pessoa providencia as suas roupas limpas, a sua comida, a gerência da vida. É fácil ser leve quando seu peso recai nos ombros de alguém. Ele tocou suavemente as costas dela e perguntou se estava bem. "Estou", respondeu após um longo suspiro, voltando para dentro da casa.

• • •

Não era a primeira vez que Marília erguia um muro impenetrável entre eles. Por anos, Lucas buscou uma porta, uma janela, uma fresta que lhe permitisse se aproximar da irmã, mas nada surtia efeito. Quando crianças, as piadas e brincadeiras que faziam Rita gargalhar não despertavam sequer um sorriso tímido em Marília. Já adultos, as visitas quase diárias à casa da mãe não mereciam qualquer reconhecimento. Ele parecia estar sempre em falta, não importava o quanto se esforçasse.

Sentou-se na namoradeira da varanda e torceu para que o telefone tocasse e alguém lhe desse uma desculpa para fugir dali. Emergência no trabalho, amigo pedindo ajuda, esposa precisando de um analgésico: qualquer coisa que não o fizesse se sentir um ser humano horrível por não querer atender a mãe convalescente em seu pedido de ver os filhos juntos. Ele simplesmente não queria passar pelo constrangimento de dividir o espaço com as irmãs, a mãe e o pai. Queria que o tempo acelerasse e toda aquela história tivesse um desfecho, fosse ele qual fosse.

Lucas desenvolveu, ainda muito novo, a capacidade de ficar invisível diante dos problemas da família. Era um menino, e, segundo dizia a mãe — e exemplificava o pai —, as trivialidades familiares não diziam respeito a ele. Coisa de menino era brincar, correr, se sujar. Era o preferido da mãe, e isso era bastante explícito. Em uma das suas festas de aniversário, após agradecer pela vida do filho, falou, sem pudor:

— Amo muito meus três filhos, mas preciso admitir que esse é o que mais me enche de orgulho e alegria, meu menino de ouro!

Toda a atenção recebida o fazia oscilar entre orgulho e vergonha. Por vezes, realmente acreditava ser uma joia rara, mas quase sempre tinha que lidar com a sensação amarga de não merecer toda aquela admiração. De toda forma, ele não pensava em como as irmãs se sentiam escutando aquilo, não se importava com o papel que desempenhava naquele teatro chamado estrutura familiar. Ele simplesmente existia, e, de certa forma, isso bastava.

Lucas não era muito dado a pensar em como vivia a vida. Por anos, acreditou na suposta perfeição que lhe fora dada como um dom ao nascer. Até que começou a achar que a mãe só o elogiava porque não o conhecia. Dentro de si, ele percebia que nem sempre tinha respostas brilhantes para dar. Via que odiava a casa e os pais e, em muitos momentos, não era uma *boa pessoa*.

Quando Rita ecoou no quintal o desejo pela morte da mãe, Lucas estava na casa de um amigo. Quando voltou para o almoço, sequer reparou no clima estranho, no olhar pesaroso da irmã caçula, na irritação da mãe. Nada daquilo importava. A vida de verdade, para ele, acontecia lá fora. Mas agora estava sentado naquela varanda, cansado e sem ter para onde fugir. Os dramas familiares nunca haviam sido tão dramáticos, a casa nunca tinha sido tão sufocante. Não conseguia acreditar no que estava acontecendo. A mãe, a pessoa mais forte e justa do mundo, que sempre o venerou, estava partindo da vida. E ele odiava despedidas.

Lucas correu para a casa deles, sem conseguir pensar muito, quando o pai telefonou pedindo ajuda. As palavras *dor, mãe* e *emergência* se alternavam em sua mente, numa ciranda que lhe causava náuseas. Ao abrir a porta e ver seu corpo esguio curvado de dor, teve a sensação de que o chão tinha cedido. Não existia em sua memória um episódio semelhante.

Cada quilômetro no carro com a mãe rumo ao hospital parecia eterno. Era tudo tão doloroso que, daquele dia, ele guarda apenas alguns *flashes*. A chegada ao hospital, a mensagem para Marília, a necessidade da cirurgia, a médica dizendo que sentia muito. Quando avistou a irmã, sentiu os músculos relaxarem um pouco. Ele não se sentia capaz de consolar o pai, tomar decisões médicas em relação à mãe e lidar com a própria angústia. Pedir dele mais que a presença física, geralmente, era pedir demais.

Um carro do outro lado da rua chamou sua atenção. O cabelo *black* cheio e as unhas longas da motorista fizeram com que duvidasse se aquela era realmente Rita. Sim, era a irmã caçula, mas não a mesma que saiu de casa, naquela fatídica noite de Natal. Os olhares se cruzaram e ele se viu voltando à infância, com vontade de correr e abraçar a irmã que lhe pedia colo quando precisava de proteção. Marília parecia constantemente arisca e irritada, mas Rita tinha a leveza e a alegria que melhoravam o seu dia.

A pequena menina de olhos redondos e curiosos parecia amar seu lado mais bobo. Lucas sentia falta das gargalhadas da irmã, da cumplicidade e do entendimento que precisava apenas de um olhar. Ele nunca entendeu por que o rompimento com a mãe havia respingado na relação dos dois. A mensagem que ele lhe enviou naquela noite nunca tinha sido respondida. Como ela conseguiu cortá-lo da própria vida?

Aquela havia sido apenas uma briga, ele acreditava, mais um entre tantos desentendimentos entre Rita e a mãe, nada que o tempo não fosse capaz de resolver. Mas o tempo, sozinho, não cura nada. E os dias, semanas, meses e anos se acumularam sem que a vida voltasse para os trilhos.

Rita abriu a porta do carro e caminhou até a varanda, contrariando o desejo de correr para o sentido oposto. Lucas a seguia com os olhos, sorrindo, com alguma tensão. O que fazer em um momento assim? Ele não sabia. Caberia um abraço? Um aperto de mãos seria excessivamente formal? Ao mesmo tempo, sabia que nenhum cumprimento amenizaria a angústia das dúvidas que o acompanharam nos últimos dez anos. Queria perguntar sem rodeios: "Como você pôde desaparecer assim? O que eu fiz pra você não responder minhas mensagens e me bloquear das redes sociais e da vida? Senti a sua falta."

A mágoa, a dor e a saudade que habitavam Rita também desejavam dispensar as cortesias e simplesmente transbordar: "Como você pôde ficar em silêncio? Por que não me apoiou? Eu senti a sua falta." Mas não havia espaço para tamanha sinceridade, nem para acessar o que borbulhava por dentro. Por isso ela apenas riu sem graça, sentindo cada músculo enrijecer, enquanto tocava novamente aquele portão. Lucas ficou em pé, esperando a atitude da irmã ditar seu próximo movimento. Antes que decidissem como agir, a porta se abriu, revelando Marília, que indagou à irmã, de forma seca e dura:

— Pensei que não viria. Está esperando um convite formal para entrar?

Arrependida de ter voltado, Rita apenas revirou os olhos. Lucas sentiu vontade de sumir. Marília pensou, cansada, que já não podia dar conta de organizar tudo naquela família. E, de repente, já não eram os adultos de 40, 38 e 35 anos, mas as crianças que brigavam por espaço, atenção e individualidade. Eram peças de xadrez que, após correr por todo o tabuleiro, iniciam o jogo todas sempre no mesmo lugar.

2. A mãe

"Quando a gente vira mãe, deixa de existir, tem que viver para os filhos!", ela escutou da própria mãe, assim que Lucas nasceu. Mas ela não deixou e não queria deixar de existir. Tinha raiva da ideia de ser apagada por quem quer que fosse. Tinha nome, história e uma existência complexa que precedeu a chegada dos filhos. Antes de ser Maria Lúcia Souza Soares, com três filhos e uma existência teimosa, ela foi Maria Lúcia Souza de Jesus, a menina De Jesus.

Nasceu na zona rural, em uma família grande, numa época em que se tinha muitos filhos e poucas possibilidades de conhecê-los. A sua chegada à família não foi um grande acontecimento, assim como a dos seus cinco irmãos. A irmã mais velha, então com doze anos, assumiu os cuidados da bebê que chorava de mais e dormia de menos. Foi todo o colo e a atenção que recebeu na vida.

Sua mãe era árida como o chão batido no fundo da casa em que cresceu, por isso, o solo do seu coração não era fértil para sorrisos infantis, gracinhas de bebês e canções de ninar. Os braços cansados de quem trabalhava dia e noite sob o sol estavam atrofiados para abraços ou qualquer demonstração afetiva. A menina De Jesus cresceu sem colo que lhe desse contorno e sem saber dar nome para a angústia que sentia. Um bebê não conhece os limites do próprio corpo até ser amparado pelos braços de alguém: o aconchego de quem cuida o protege da imensidão de estar solto no mundo e sustenta o seu existir. Ela, contudo, vivia em queda livre.

Sentia falta de algo que nem sabia que existia. Um querer que volta e meia a visitava, enfraquecendo as pernas, doendo a barriga e fazendo o coração estremecer. Sua mãe dizia que era mau-olhado, e então chamava uma rezadeira para dar fim ao incômodo. Mas talvez o que amenizava a dor e devolvia as forças era a mãe ao seu lado. A reza e seu olhar eram algo parecido com colo e canção de ninar, e era bom.

Com o tempo, aprendeu a fingir que a falta não existia, a tomar analgésico para calar a dor da angústia, a lavar o banheiro para deixar rolar a lágrima que não caía. Aprendeu a ser forte, fosse lá o que isso significasse. Ninguém correu para ampará-la nas várias vezes em que caiu no chão nem a abraçou e disse que ficaria tudo bem quando duvidou de si. Ela aprendeu desde cedo que ninguém viria para ajudá-la e achou no desamparo um lugar conhecido. Passou a infância sonhando em crescer, em mandar na própria vida, em não precisar de ninguém, como os adultos que conhecia.

Um dia contaria para os filhos que morou na casa de uma tia para poder estudar e ter uma vida diferente dos pais. Nesses anos, aprendeu a se virar sozinha. Diria que aos dez já cuidava dos primos e da casa, caminhava horas até a escola, sem se queixar da própria realidade — e, por isso, não aceitaria vê-los se lamentar pelo que quer que fosse. Ela não reclamava porque de nada adiantaria. Não era falta de vontade, já o interesse de reclamar, de brigar, de se revoltar, tinha aos montes.

Aos dezoito anos, entrou na faculdade de economia. Dividia-se entre o trabalho e o curso. A formatura era esperada como uma libertação de tudo o que lhe doía e, finalmente, teria a vida que merecia. Foram muitas as noites mal dormidas, os ônibus lotados, os sanduíches de pão com ovo como única refeição do dia, mas aquele diploma faria tudo valer a pena. Porém, nada disso aconteceu. Era uma mulher negra em uma área dominada por homens brancos. Nos escritórios em que sonhava trabalhar, não era aceita nem como secretária.

Um dia, enquanto aguardava uma das entrevistas, um rapaz de sorriso fácil sentou-se ao seu lado. Ele tinha calma na voz e os olhos tranquilos — o oposto dos seus barulhos internos. Naquele dia, ele conseguiu o emprego; ela, um marido. A chegada desse homem preencheu sua vida de expectativas. Afinal, "homens têm o poder de transformar a vida de uma mulher", como diziam. E isso era justamente o que ela queria.

Agora já não sonhava com o trabalho, mas com uma casa bonita e organizada. Trocou a tensão de escolher a roupa com que ia às entrevistas de emprego pela escolha do jogo de jantar ideal. Não que uma coisa necessariamente anulasse a outra, mas ela sentia que precisava escolher. Não tinha forças para mais olhares tortos, para mais "nãos". Nem para responder se teria filhos e quem cuidaria deles para ela poder trabalhar. Não casou por amor ao marido, mas por amor ao que ele representava: a família, a tranquilidade, a saída da casa da tia. Um sustento que lhe pedia em troca do que já sabia fazer, afinal, as tarefas domésticas fizeram parte da vida desde sempre. Casou porque esse era o caminho que parecia mais fácil até a verdadeira vida adulta.

Do primeiro encontro ao nascimento do primeiro filho, foram os dois anos mais rápidos da sua história. Ela parecia brincar de casinha, encantada com o fato de dividir o quarto com uma única pessoa em vez de três ou quatro. Benedito exigia pouco, se contentava com as refeições que ela preparava e jamais reclamava da poeira dos móveis. "Que sorte você tem!", diziam as tias e a mãe. Enquanto o marido da irmã a tratava mal, o seu era um homem bom, e ela precisava erguer as mãos para o céu e agradecer a dádiva divina. As contas da casa nunca atrasavam e não lhe faltavam vestidos novos, o mínimo que se esperava dela era que fosse feliz. Maria Lúcia Souza Soares tinha uma casa, responsabilidades familiares e o apreço da mãe, que agora a reconhecia, fazendo elogios ao genro.

A gravidez de Lucas foi tranquila e fácil. A barriga era bonita, o marido lhe trazia biscoitos — a vida parecia certa. O menino nasceu com a pele cor de caramelo, os olhos calmos do pai e os lábios delineados da mãe. Chorava pouco e dormia muito. Era o bebê perfeito. Os cuidados com a casa e a criança ocupavam todo o dia, e o tempo passava entre mamadas e fraldas brancas estendidas no varal. Ela nunca havia pensado no conceito de felicidade, mas, diante das referências que tinha em sua história, se sentia feliz.

Estava fazendo o que era para ser feito, o que esperavam dela. O menino tinha um corpo rechonchudo e era belo como uma pintura. Vê-lo fazia com que se sentisse capaz, forte, poderosa. Agora ela era a mãe, a que o fazia parar de chorar apenas com sua presença. Sua existência valia alguma coisa.

O filho trouxe de presente a percepção de que a maternidade era algo enorme. Ele era a materialização da sua própria potência. Se homens transformam a vida de uma mulher, ela havia feito um homem — haveria poder maior que esse? A falta que a acompanhou por tantos anos havia sido temporariamente preenchida. Aquele bebê a encarava com doçura, e nada mais no mundo parecia importar.

Com o passar do tempo, a falta voltou a pulsar em Maria Lúcia Soares da mesma forma como doía em Maria Lúcia de Jesus. Interessante ouvir que o sorriso do filho pagaria o cansaço, as noites mal dormidas, a ausência de amigas, o tempo que passava rapidamente e tomava suas forças. O sorriso do menino nada lhe devia, não era responsável por pagar a falta de apoio do marido, da sociedade, da família. Não compensaria a dor das entrevistas que não podia fazer porque era mãe, a ausência de creches confiáveis ao redor de casa, a preocupação incessante, a culpa por cada gripe ou queda da criança. O sorriso do menino não compensaria o peso de exercer a maternidade em uma sociedade que gosta de mães apenas uma vez ao ano. E quando o cansaço que mal sabia nomear começou a doer mais que o normal, os enjoos da segunda gravidez começaram a aparecer.

A menina nasceu em um parto fácil, mamou sem dificuldade e demandava o mínimo possível. "Fácil", então, passou a ser uma excelente palavra para defini-la. Não chegou completando a mãe ou fazendo-a se sentir grande, como o irmão, mas recebeu, desde muito nova, a função de ser mais uma mulher na família. Chegou para dividir a responsabilidade pelos cuidados com a casa, para que a mãe nunca mais ficasse só. Ela cresceu acreditando que meninos não sabem cuidar e as meninas são diferentes, têm a obrigação de fazer companhia às mães. Com a filha, ela conversava, falava mal do marido, reclamava da vida, dava os conselhos que não recebeu. Com um ano, Marília já escutara mais palavras da mãe que qualquer outra pessoa no mundo. Tornava-se uma confidente atenta, uma fiel devota da santa mulher que tanto sacrificou pela família.

Certa vez, encontrou uma antiga colega de faculdade na farmácia. Com os cabelos arrumados, unhas compridas e pintadas de vermelho, em um *tailleur* azul-marinho de grife, a classe da moça fazia oposição ao vestido folgado que Maria Lúcia usava diariamente. Fingiu ler o rótulo do xarope para gripe, com a concentração e a atenção de quem saboreia *Cem anos de solidão*. Maria Lúcia queria que a colega passasse, que não a visse, que desaparecesse naquele corredor, atingida por um raio como nos desenhos animados. Lucas soltou sua mão e correu pelo corredor, derrubando a pilha de fraldas descartáveis que estava um pouco à frente. O barulho chamou a atenção de todos, que lançavam olhares queimando a sua pele e derretendo a imagem de boa mãe que tentava sustentar. A vergonha pelo comportamento do filho se somou à vergonha que sentiu do vestido, do cabelo precisando de uma visita ao salão, da sapatilha com marcas de pés de criança e suco de laranja, da ausência de assunto sobre o que conversar.

Enquanto caminhava em direção ao menino, controlando a explosão que chegava à garganta, a moça se aproximou, sorrindo: "Não acredito!" Mesmo dito de maneira amistosa, soou como um tapa na cara. A frase seguiu com o seu nome de solteira, de pessoa sem filhos, de mulher cheia de sonhos. Ela também não acreditava. Conversaram sobre a vida, carreira e o passado. A ex-colega tinha cheiro de liberdade, de quem escolhe o horário de dormir e acordar, de quem escolhe se vai ou não pôr uma panela no fogão. O papo foi interrompido por uma briga das crianças, que disputavam quem levaria a caixa colorida do xarope. Com um sorriso amarelo, Maria Lúcia se despediu, arrastando os dois filhos pelo braço e sussurrando a promessa de um merecido castigo. A vergonha viraria fúria. Odiava ver pessoas sem filhos, com o seu excesso de tempo, de energia. Odiava o viço na pele de quem dorme a noite toda, de quem não tem a obrigação de manter outro ser vivo respirando. Odiava. E, naquele instante, odiou a si mesma, aos filhos, ao marido e à vida que levava.

Saiu da farmácia gritando com as crianças. Até o final do dia, escutou *mamãe* 38 vezes. No trigésimo pedido, toda a fúria do dia a tomou. Ameaçou, aos berros, uma surra inesquecível em quem ousasse chamá-la novamente. Disse que um dia abriria a porta de casa e nunca mais voltaria. Trancou-se no banheiro, segurando as lágrimas. O corpo doía, a falta que fazia com que ficasse na cama quando criança ressurgiu, sequestrando suas forças. Queria a mãe segurando a sua mão, enquanto a benzedeira sacudia o ramo de arruda ao redor do seu corpo, cantando coisas que ela não entendia bem. Queria se deitar na cama e que alguém levasse para ela uma sopa quente, fizesse carinho e dissesse que o que a acometia era apenas mau-olhado. Mas agora ela era a mãe. Se quisesse sopa, teria de comprar e preparar os ingredientes. Deitar-se na cama poderia custar a vida das crianças de quatro e dois anos que corriam pela casa. Entendeu que o mal que a acometia era ausência de ser olhada. Que reza faria a dor desaparecer? Imaginou o que aconteceria se abrisse a porta e saísse de casa para nunca mais voltar. O que o marido faria? Deixaria as crianças com a mãe dele, aquela mulher insuportável? Demoraria a encontrar outra mulher que soubesse engomar a gola da camisa do jeito que ele gostava? As crianças comeriam feijão? Alguém teria paciência para tirar a cebola do prato do Lucas? De repente, se deu conta de que não adiantaria fugir, porque aquelas perguntas a acompanhariam para sempre. A maternidade não sairia dela, independentemente das escolhas que fizesse. Estava irremediavelmente marcada, como o gado que o pai queimava o couro a ferro quente para que, mesmo que perdido, soubessem a quem pertencia. A cicatriz causada pela chegada dos filhos não a deixaria jamais.

Depois do encontro na farmácia, pediu à vizinha para datilografar um currículo novo, levou o antigo vestido de linho na costureira do bairro, retirou os cadernos com anotações da faculdade de cima do armário. Tomaria para si a própria vida, voltaria a trabalhar, a escutar adultos falando ao seu redor. Teria outros assuntos além dos filhos e do marido, teria outras preocupações. Os filhos ficariam em uma creche, mesmo que isso lhe custasse quase a totalidade do próprio salário.

Quando os enjoos da terceira gravidez apareceram, creditou-os à ansiedade. Nem por um segundo pensou que uma nova criança estava chegando em sua vida. A descoberta foi recebida com um pesar incomum, como uma sentença de prisão perpétua. Cuidar de duas crianças enquanto carregava outra no ventre era um fardo pesado. Torcia para perder o bebê, esperava que um sangramento levasse o feto que, insistente, crescia e sugava suas forças. Quantos bebês morrem na gravidez? Quantos úteros são ambientes hostis para gerar uma vida? Sentia-se inteiramente hostil, útero, braços, coração, alma. Como aquele bebê não percebia? Por que insistia em crescer?

Com o nascimento da terceira filha, os planos de retomar a carreira profissional, que nunca tinha começado de verdade, foram por água abaixo. A amamentação foi caótica, a criança dormia pouco e chorava muito, exigindo mais do que Maria Lúcia tinha disposição para dar. Insistia em dizer que amava a menina, que tinha por ela a mesma dedicação que disponibilizava para os outros, mas a realidade é que algo naquela filha a incomodava demais.

Talvez tivesse muitas semelhanças com a família do marido, de quem nunca conseguiu ser próxima. Talvez a voz alta e o sorriso escandaloso fossem um desperdício da felicidade que seria sua, se tivesse voltado a sair e trabalhar. Talvez a menina a lembrasse demais a Maria Lúcia de Jesus, de quem ela queria fugir. Enquanto Marília era a criança fácil, a caçula parecia ser o seu oposto: difícil demais, demandante demais, reclamona demais, chorona demais. Rita era o excesso, a sobra, a ponta não aparada. O prego que pendurou para sempre o diploma de economia na parede de coisas inúteis.

Com o passar dos anos, a vontade de voltar ao mercado de trabalho acabou se perdendo, e passou a exigir do marido, como indenização, os melhores sapatos e roupas. Sentia que sua juventude se esvaía enquanto cuidava das crianças que fizeram juntos, e isso custava mais a ela que a ele. Para o marido, o custo era quase matemático, uma soma de prestações, boletos e mensalidades escolares. E nunca falavam sobre isso. Ouvir sobre os sentimentos e as queixas da mulher fazia com que Benedito se sentisse incapaz, e ele não gostava de se ver assim. Queria que ela dissesse o fazer, porque ele simplesmente faria. Mas essa já era a missão de Maria Lúcia com as três crianças que educava. Quem lhe pedia para verificar a poeira que estava sobre os móveis? Quem lhe pedia para comprar o presente para o aniversário do menino da escola? Quem lhe solicitava verificar se o uniforme estava limpo e pronto para ser usado na segunda-feira? Quem o lembrava de que o almoço precisava ser feito, a cama tinha que ser arrumada, as crianças precisavam das frutas para não ficarem raquíticas e magras como aquelas que passavam com tanta frequência na televisão? Quem lhe dizia o que ou como fazer? Por que cabia a ela ensiná-lo a ser pai, esposo, companheiro, se ninguém nunca a tinha ensinado a ser esposa?

Não sabe dizer exatamente quando, mas Maria Lúcia desistiu de falar. A dor de não ser ouvida acrescentava mais uma camada de sofrimento ao que já era insuportável. Aconselhava Marília a não depender nunca, jamais, de um homem. Dava para a filha os conselhos que não recebeu, porque tinha a esperança de livrá-la de todo o mal. Não podia voltar no tempo e refazer as próprias escolhas, sussurrando que "um marido não é um contracheque" para a menina recém-formada e cheia de sonhos que era. Então repetia a frase, diariamente, para que a filha não esquecesse.

Nunca conseguiu conversar assim com Rita, em nenhum momento ela se abria para receber os seus conselhos. Entre elas, havia um muro denso e impenetrável. Como uma pessoa podia ser tão teimosa e irredutível? Como a menina podia ser mansa e doce com o pai e arisca e inflamada com ela? Algo sempre fluiu melhor na relação deles. Era o pai que ela chamava quando caía, e foi para o pai que contou quando, aos dezenove anos, decidiu sair de casa para morar com o namorado.

O rompimento com a filha doía muito, não conseguia acreditar na ingratidão, no desapego e na falta de interesse em saber como estavam. Ela, Maria Lúcia, tinha cuidado da mãe doente até o fim e jurava não guardar nenhuma mágoa da educação que recebeu. Apanhou de chicote, de sandália de couro, de cinto. Lembrava-se claramente do dia em que bateu no irmão, depois de vê-lo destruir a boneca que fizera com capim e cipó, e a mãe, irada, lhe jogou um pedaço de madeira na cabeça, numa pontaria tão precisa que acertou em cheio a testa, fazendo escorrer um fio de sangue. Ainda assim, a mãe foi a pessoa mais importante da sua vida, porque é assim que deve ser. Mãe é mãe, e ela era a mãe daquela menina ingrata que nunca reconheceu tudo o que fez, que desvalorizou os seus esforços e sacrifícios. Ela era a mãe e merecia respeito. Todos os erros que cometeu foram com a intenção de acertar, e isso deveria ser valorizado.

Quando era pequena, a vizinha da tia adoeceu de uma hora para outra. Dona Iracema, apelidada pela criançada de Bruxa da Bola, era uma senhora gorda, mal-humorada, que tinha o costume de rasgar as bolas que caíam no seu quintal. Não havia conversa, pai ou mãe que a fizesse devolver o brinquedo. A bola voltaria, mas rasgada, jogada pelo muro, seguida de alguns palavrões impronunciáveis. No dia em que a viu muito magra, com os olhos fundos e o andar lento e arrastado, Maria Lúcia se assustou. Os adultos disseram para ela não comentar nada, que a doença que se instalara na dona Iracema era tão ruim que não se dizia o nome completo: "cê-á". O que "cê-á" queria dizer? Por que sugava a força da pessoa mais forte e brava que conhecia? Na rua inteira se falava que era uma doença de gente ruim, rancorosa e sem fé. Era castigo pelas lágrimas que todas as crianças derramaram por causa dela. Era a alma das bolas mortas cobrando seu preço.

Quando o diagnóstico de um câncer em estado avançado explodiu em seu colo, imediatamente pensou na Bruxa da Bola. Não se lembrou dos filhos nem do marido, mas da injustiça de ser tomada por uma doença que a engolia por dentro. Era uma pessoa boa, não merecia ter a morte baforando em seu pescoço, não merecia olhar o espelho e se ver decaindo. Era temente a Deus, inclusive quando ele, por diversas vezes, ignorou seus chamados e pedidos. Foi uma boa filha, aguentou as queixas e críticas da mãe, mesmo enquanto trocava suas fraldas e limpava sua bunda ossuda nos últimos dias da velhice. Pariu, nutriu e cuidou de três filhos, até quando queria fugir e nunca mais olhar para trás.

Sentia tanta raiva, medo e mágoa que não conseguia acreditar. A vida nunca tinha sido justa com ela, e essa era a prova final.

O cheiro de hospital causava-lhe náuseas, a barriga recém-operada doía. A garganta incomodava, arranhada pelo tubo colocado durante a cirurgia. Acordou da anestesia com a cama rodeada pelos dois filhos e o marido. Ninguém precisava lhe contar que as dores no abdome eram um mau agouro, os olhos inchados de Lucas e Marília falavam por si. Primeiro sentiu raiva ao escutar sua sentença. Depois, quando percebeu a esperança dos filhos, ouvindo-os dizer que tudo daria certo. Não, não daria.

E não lhe davam o direito de viver o luto. Queria chorar, de dor, de raiva, de mágoa e tudo o mais que guardava no peito. Mas não o fez. Engoliu as lágrimas, com a força do hábito de toda uma vida, e decidiu que teria o mínimo de autonomia diante do resto dos seus dias, o que significava dizer não à tentativa desesperada de fazer tratamentos dolorosos, invasivos e ineficazes. Ela não se agarraria à vida com esse desespero, iria se despedir sem espernear.

Depois de algumas consultas com a equipe de cuidados paliativos do hospital, aprendeu a chamar a doença pelo nome. Não havia batalha a ser travada, não estava sendo castigada por seus gestos, não havia culpados além da aleatoriedade da vida. Morreria, como todos morrem um dia. Estranho ter a oportunidade de se preparar para esse encontro, que, na maior parte das vezes, acontece sem aviso prévio. Insólito olhar para a casa, a cama, as roupas, tudo o que acumulou e cuidou por anos.

Quem se interessaria pelos vestidos que passava e guardava com tanto carinho? Não conseguia pensar em quem eles caberiam bem. Talvez Marília quisesse ficar com os colares, pulseiras e anéis, mas, com os vestidos, tinha certeza que não. E os discos de vinil? Parariam em algum sebo? Seriam comprados por algum jovem *nerd* que coleciona discos sem ter onde escutá-los? Quem cuidaria do Jorge Ben, da Elis Regina e da Alcione? Por falar em cuidado, o que seria do jardim? Benedito não tinha paciência para conversar com as plantas e podá--las na medida certa. A rosa do deserto morreria? As samambaias sobreviveriam enclausuradas no apartamento dos filhos ou estariam fadadas a partir com ela? Pensou em doar os livros da faculdade para alguma biblioteca comunitária, mas imaginou que estariam defasados. Virariam lixo? Quais dos seus bens preciosos teriam valor para mais alguém além dela mesma? Seria justo pedir que os filhos prometessem ficar com o que, para eles, não teria muito sentido? O que mais viraria lixo?

Enquanto separava as poucas joias que tinha, pensou em chamar Rita pela primeira vez. Estava em um dia bom, um dos raros em que a dor não a castigava por horas seguidas. Os remédios eram cada vez mais fortes e a deixavam desanimada e letárgica. Mas estava bem e queria aproveitar a energia repentina para organizar os seus tesouros.

O colar de ouro com o pingente brilhante em formato de gota ficaria lindo no pescoço de Marília. Combinava com a altivez da filha, se destacaria emoldurado na pele escura como a sua. Abaixo do colar, na pequena caixinha, estava um par de brincos em formato de rosa, delicadas pétalas sulcadas em uma bola de ouro. Aquele foi o primeiro presente que comprou para si mesma, uma conquista em meio à busca pela sobrevivência, um lembrete da jovem estudante universitária que trabalhava como caixa de supermercado para se manter sonhando, ela merecia mais. Lembrou-se de que Rita sempre teve uma estranha atração por aqueles brincos.

Na primeira vez que escolheu os brincos para ir a um jantar, Rita, então com seis anos, perguntou por que ela não usava aqueles brincos mais vezes. Depois do casamento e dos filhos, usou-os pouco. Olhar para eles fazia com que se lembrasse dos sonhos não realizados, de um futuro perfeito que nunca veio a ser presente.

— A mamãe fica com uma cara mais feliz, é bonita com essa flor — disse a menina.

— E eu não sou bonita sem ela? — Maria Lúcia perguntou, recebendo a fala como uma provocação.

Não era a primeira nem seria a última vez que Rita a enfurecia com o que parecia ser uma pequena cobrança sobre quem ela deixou de ser ao se tornar mãe de três. Acabou tirando os brincos e colocando outros, presentes do primeiro aniversário de casamento.

As pequenas rosas passaram tanto tempo guardadas que Maria Lúcia havia se esquecido da existência delas, até que Rita apareceu na sala, com os brincos na mão, perguntando se poderia usá-las para ir à festa de quinze anos da melhor amiga.

— Quem te mandou mexer em minhas coisas? Emprestar meus brincos de ouro? Pra você perder? De jeito nenhum! Você não tem cuidado com nada! Vá arrumar a bagunça do seu quarto, aprenda a cuidar das suas coisas antes de pedir as dos outros! Você só quer o que eu tenho de melhor, não basta tudo que já dei pra você? Quer as minhas calcinhas também? Quer que eu tire a que estou usando?

Com os brincos na mão, sentiu o coração apertar. Nunca gostou da filha, agora tinha certeza disso. Era a mãe e cumpriu seu papel de cuidar. Mataria e morreria pela filha, mas não gostava de conviver com ela.

Irritava-se com sua voz, seus desejos, com o que dizia e calava. Será que não havia se esforçado o suficiente ou desistido cedo demais? Será que um dia tentou? Pensou em pedir para Marília, em algum momento após a sua morte, entregar os brincos para a caçula, mas a vontade de ela mesma fazer isso em vida foi maior.

Assim que Marília chegou do escritório, pediu que chamasse a irmã para uma visita. Queria ver os filhos juntos novamente. Queria saber como estava o neto, ver uma foto da criança que ainda não conhecia. Gostaria de entregar os brincos nas mãos da Rita, como um pedido de desculpas sem palavras. Que palavras seriam úteis? Que palavras apagariam o que viveram? Essa foi a mãe que conseguiu ser e não morreria com arrependimentos. Essa foi a mãe que Rita teve. Se houve algum culpado, foi o destino que as juntou. Repetiu tantas vezes "Esta é a mãe que você tem!", que nunca pensou que aquela era a filha que tinha.

O dia bom foi seguido de alguns ruins. Os brincos continuavam na cabeceira da cama. Haveria tempo para entregá-los? Deitada na cama, Maria Lúcia escutou vozes na varanda. Eram seus três filhos. "Me ajuda, quero levantar!", disse à enfermeira. Não queria que a caçula a visse como uma velha convalescente, depois de dez anos. Mas a tentativa de sair da cama não foi bem-sucedida, o corpo recusou-se a atender seu desejo.

Encostou-se à cabeceira, aparada por almofadas e travesseiros, ajustou o lenço, que cobria os cabelos crespos cuidadosamente presos em uma nagô, e esperou, com um misto de emoções, a entrada das suas crianças no quarto. Não conseguiu conter as lágrimas, e não sabia dizer se eram de alegria, mágoa ou dor. No fundo, não queria descobrir.

3. O pai

— E você não fez nada? Você é idiota?

Benedito, o Bené, não sabia o que responder. O que deveria falar? Sim, ele fez, ficou prudentemente em silêncio. Ficar quieto também é fazer alguma coisa. As pernas não responderam ao chamado, o coração socou o peito de um jeito tão acelerado que teve a sensação de que iria desmontar de dentro para fora. Mas não podia responder nada disso.

Para o pai, fazer alguma coisa era revidar, era bater em alguém com a força da correnteza que o sangue produzia nas veias. Os olhos grandes e irados do adulto continuaram mirando o corpo franzino, aguardando uma resposta. Um tapa forte atingiu Benedito em cheio, esquentando a orelha e fazendo formigar o rosto. Agora tudo doía, por dentro e por fora.

— Garoto imbecil, burro! Eu disse que se você chegasse em casa machucado por esses moleques ia levar uma surra!

O cinto dançou como uma cobra. Um, dois, três encontros com braços e pernas. O homem sequer reparava onde a cobra tocava, era pura ira e força. Embora esse conceito de força nunca tenha feito sentido para Benedito.

Ao contrário dos outros meninos da sua rua, ele não tinha coragem de acertar os passarinhos com o estilingue nem batia nas irmãs pequenas, mesmo quando elas o irritavam demais. Achava tudo covardia. Da mesma forma, por que o pai podia bater e ele não? Covarde. Às vezes, tinha a impressão de ver um riso no cantinho da sua boca, enquanto a cobra dançava no ar.

O olho que havia recebido um soco durante a briga na rua latejou. Não sabia o que machucava mais: o soco, a cobra, os xingamentos ou o desamparo. Aos nove anos, não conseguia nomear como *desamparo* aquilo que o acompanharia o resto da vida. Sabia apenas que ele não era o que o pai esperava. Fraco de corpo e de alma, cada castigo e surra que recebia eram merecidos.

Apanhava em silêncio porque resistir era pior. E, mesmo que desejasse muito, não conseguiria revidar. Quando o medo aparecia, o corpo gelava, a perna pesava mais que um elefante e a voz se escondia tão fundo dentro dele mesmo, que demorava um bom tempo para reencontrá-la. Tinha vontade de fechar os olhos, mas o pai dizia que um homem olha nos olhos e não deixa de encarar o outro, nunca. Então, mantinha os olhos abertos vidrados.

Escutar o pai gritando "Olha pra mim!", enquanto lhe aplicava os golpes, machucava mais que quando a ponta da fivela do cinto cortava a sua carne. Quase sempre imaginava que a mãe sairia da cozinha, com cara de brava, gritaria com o pai e o faria parar. Ela chegaria, maior que qualquer um dentro da casa, agarraria a cobra pelo pescoço e a jogaria longe. Ela faria o pai chorar, e ele ia chorar muito. Algumas vezes, imaginava que ela o escorraçava de casa, e, depois de conhecer o próprio choro, ele se tornava uma pessoa melhor.

Benedito nunca soube o que fazia o pai parar. Os braços cansavam ou a raiva ia embora? Quando a coça finalmente acabava, o corpo só sabia se encolher. Benedito sentava no canto do quarto, tentando frear as lágrimas. Abraçava as próprias pernas. A mãe aparecia dizendo que o pai era assim, que devia ter mais cuidado para não provocá-lo, que o menino precisava subir escondido quando apanhasse dos amigos. Com o tempo, ele passou a contar das surras fazendo piada, sem entender que não há motivo para rir de lembranças dolorosas.

Se a casa oprimia, a rua libertava. Apesar das brigas com os meninos, ficar fora era seguro e divertido. Não precisava lidar com o mau humor constante do pai, que impregnava a casa de uma atmosfera opressiva. Até a forma como abria o portão, arrastava os pés até a porta, jogava a pasta de couro preta no meio da sala e sentava no sofá. O jeito como gritava pedindo um copo de água. Tudo deixava o ar pesado, ardendo ao entrar no nariz, queimando por dentro. Tudo roubava a tranquilidade. A mãe, tão risonha nas suas primeiras memórias, agora tinha desaprendido a sorrir. Passava o dia reclamando com a empregada e cuidando de detalhes sem sentido. Mas ele sabia que era medo do que o pai faria se chegasse e encontrasse poeira nos móveis ou se o jantar não estivesse pronto. Bateria na mãe, como batia nele? Não queria saber, não queria pensar. Seu único desejo era fugir.

Chegava da escola e a comida estava na mesa, com um cheiro bom que podia ser sentido da esquina da rua. Comia, fazia os exercícios escolares e abria o portão rumo à liberdade. "Mal comeu e já quer ganhar o mundo, menino?", gritava a mãe. Ganhar o mundo, viver uma vida maior, era o que ele queria. Aos dezoito anos, passou no vestibular e, para desgosto do pai, decidiu cursar economia. Engenheiro renomado, o homem queria um sucessor para seu escritório, mas Benedito se recusava a seguir seus passos.

Um mês após a formatura, o pai se foi em um infarto fulminante. Por dois anos, parou a própria vida para cuidar do escritório e da mãe que, sem o sol para girar ao redor, perdera o rumo.

A entrevista no centro da cidade foi marcada por acaso. Uma pessoa, que conhecia outra pessoa, encurtou os caminhos e fez com que a ausência de experiência na área de formação deixasse de ser um empecilho para tentar aquela vaga.

Sentado na sala de espera de um jogo de cartas marcadas, Benedito observou a chegada da mulher que entraria na sua vida de maneira definitiva. O andar firme, o olhar altivo. A boca desenhada pelo batom roxo combinava perfeitamente com a pele escura. O vestido mostarda acinturado contornava o corpo deslumbrante. Tudo nela era marcante, belo, irresistível.

Ficou surpreso quando ela disse que estavam ali pelo mesmo motivo. Ambos almejavam o mesmo cargo, ela não era esposa de um cliente importante ou candidata a secretária. Maria Lúcia sorriu das histórias que ele contou, conversou sobre política e compartilhou sua paixão por Jorge Ben e Alcione. Conseguiu, na mesma tarde, o emprego e a esposa, e a sua vantagem foi maior que a dela, como sempre.

Benedito era Dos Santos, vindo da mãe, e Soares, do pai. Não trocou de nome no casamento, quando chegaram os filhos, ou em qualquer outra situação que a vida lhe apresentou. Como homem, não era cobrado a mudar, nunca.

A vida com Maria Lúcia era calma e tranquila e, pela primeira vez na vida, entendeu o que era um lar. Voltou a gerenciar o escritório do pai, a renda do novo emprego não sustentava o padrão de vida que desejava. Trabalhava bastante e se esforçava para dar à mulher os melhores eletrodomésticos, vestidos e sapatos. Por isso, tinha certeza de que era o bom marido que o pai nunca tinha sido.

Quando o primeiro filho nasceu, algo mudou dentro de si. Sentia sobre os seus ombros uma responsabilidade angustiante. E se não fosse um bom pai? E se dentro dele se escondesse o monstro que morava no próprio pai? Cuidar de alguém seria algo grande demais para as suas capacidades? Evitava pegar no bebê, porque tinha medo de que as suas mãos grandes e desajeitadas o machucassem. O choro do menino soava como um alarme que disparava nele o desejo de fugir.

O antigo e conhecido incômodo em estar em casa, companheiro de toda uma vida, voltou a visitá-lo. Começou a passar mais tempo no escritório, a se envolver em tarefas que antes delegava. Nunca pensou que Maria Lúcia também tinha medos, que perdia o sono, insegura com suas novas responsabilidades. A grande diferença entre ambos é que a ele era dado o direito de fugir, e a Maria, apenas o dever de ficar. Enquanto ele podia dizer que o choro do bebê era um sinal de que precisava da mãe, Maria tinha que ser a mãe, não havia a quem repassar o filho aos prantos.

Quando o choro noturno de Lucas começou a diminuir, a espera de uma nova criança foi anunciada. A mulher inteligente, vibrante e bela que conheceu havia desaparecido entre fraldas e exigências. Ela reclamava da casa e da qualidade da comida que ele comprava. Queixava-se das brincadeiras que fazia para tentar acalmar o bebê e dos momentos em que não se aproximava do filho em prantos por medo de fazer algo de errado. Das palavras e dos silêncios, o que lhe parecia injusto e desleal. Era um bom homem, melhor que quase todos os seus conhecidos. Por que ela não reconhecia seus esforços, como se cada esquecimento fosse imperdoável? Decidiu contratar alguém para auxiliá-la nos afazeres domésticos — quem sabe assim as lamentações diminuíssem? Mas nada mudou, e dona Estela passou a ser apenas mais um dos motivos de briga. O sorriso de Maria Lúcia, que iluminava todo o ambiente, deu lugar a uma fisionomia pesarosa.

Benedito decidiu expandir os negócios e passou a acompanhar obras e projetos em outra cidade, um bom motivo para ficar fora de casa por dias. Na volta, trazia sempre um brinquedo para cada criança e a disposição para sentar no chão e brincar. Enquanto montava com Lucas e Marília pequenas cidades de madeira, notava-se nele a leveza única de não precisar se preocupar com a troca de lençóis, o exercício da escola, ou se as roupas e sapatos do último inverno ainda cabiam. Ele nunca precisou saber o quanto demandava manter uma casa com crianças saudáveis. Acreditava que era ele, e não a esposa, quem enfrentava dias de trabalho exaustivos, porque estava fora de casa. Era ele quem tinha o direito de reclamar e não o fazia. Maria Lúcia sempre queria demais.

Quando o humor da esposa parecia não poder piorar, descobriram a terceira gravidez. Como sempre sonhou com uma casa cheia de crianças, a chegada de mais um filho pareceu um bom presságio. Quando a menina nasceu, algo nela chamava a sua atenção. Talvez fossem os olhos amendoados e curiosos, talvez a calma que ela parecia sentir sempre que ele a segurava no colo. Como era a terceira filha, ele já não tinha o medo de quebrar o bebê. Balançava a menina e cantava "Para animar a festa, salve simpatia!", enquanto ela gargalhava cada vez mais alto. Não entendia a antipatia que a esposa direcionava à caçula, a impaciência com que respondia às demandas da menina nem a raiva que sentia quando Rita simplesmente agia como criança.

Sempre que saíam, Maria escolhia a roupa das crianças e garantia que estivessem vestidas. Penteava os cabelos, assegurava que as tranças e coques permanecessem apertados e alinhados, com intenso cuidado, como se da aparência das crianças dependesse sua vida. A possibilidade remota de ser vista como uma mãe ruim, minimamente relapsa ou desatenta, trazia a sensação de quase morte. Benedito não compreendia aquela tensão, a ansiedade que precedia qualquer saída de casa, o apego quase doentio aos detalhes. A semelhança entre sua esposa e a própria mãe era assustadora e o surpreendia, visto que tentava, constantemente, se distanciar da brutalidade desmedida do pai. Em um desses momentos de estresse, Rita ousou subverter a ordem e trocar de roupa. Com a família toda reunida, pronta para sair, a menina, que na época tinha pouco mais de cinco anos, tirou o vestido azul-claro, passado e engomado pela mãe, e pôs um short laranja e uma camiseta colorida. Os sapatos foram trocados pelo tênis conga preto e sujo da escola. Benedito avistou a filha e teve a absoluta certeza de que as consequências daquele comportamento seriam catastróficas. Mas o que poderia fazer? Maria era a mãe, e ele não ousaria interferir. Quando ela explodia com as crianças, ele se encolhia por dentro, misturando a própria covardia com a cômoda crença de que ela sabia o que estava fazendo, de que tinha mais capacidade de lidar com os filhos que ele, de que qualquer interferência sua pioraria ainda mais as coisas. Ele se calava e esperava passar, torcendo que a sua presença sequer fosse notada. Suportou bem mais que aquilo quando criança, os filhos poderiam suportar também. Tudo passa, afinal.

Assim que pôs os olhos na filha, a ira de Maria Lúcia se tornou quase palpável. Segurou a menina pelos braços, gritando que ela fazia de tudo para estragar a rotina da família.

— Pra onde você acha que vai com essa roupa, sua fedelha malcriada? Quem você acha que é pra tirar a roupa que pus em você? Você acha que é um moleque, pra sair com esse short? Você está ridícula! Você não vai conseguir me enlouquecer, não vai fazer o que quer, você não manda em nada! Eu mando em você! Troque essa roupa agora!

A menina chorava e dizia que o vestido a impedia de brincar. Como subiria no escorregador da praça em frente ao restaurante? Como correria no pega-pega com o sapato que apertava a ponta dos dedos, deixando todos insuportavelmente grudadinhos? O argumento irritou ainda mais a mãe, que respondeu com um tapa nos lábios carnudos.

— Não me responda, não me responda! — falava, enquanto apertava ainda mais os braços magros da menina.

Rita baixou a cabeça, magoada. Mas nada aplacava a fúria que tomava o corpo de Maria Lúcia. Puxou o cabelo da filha, desmanchou os coques com força, jogando longe os elásticos coloridos que os prendiam.

— Quer sair como uma louca? Quer ficar livre? Saia assim, agora! Mas saia sozinha!

Olhou para os outros filhos, que assistiam à cena, de olhos arregalados e amedrontados.

— Agradeçam à sua irmã pelo fim do passeio, porque eu não vou mais! — Soltou a filha no chão e entrou no quarto, batendo a porta.

As crianças, que antes estavam com um pouco de pena da irmã, agora sentiam raiva pelo fim do passeio. Ela já sabia como a mãe era, por que trocou a roupa? Por que foi tão egoísta e pensou em si, em vez de no bem-estar da família inteira? Agora, o almoço estava encerrado. Não teriam a batata frita do restaurante, o sorvete na sobremesa e a pipoca na praça, no fim da tarde. Ficariam em casa, condenados a suportar o clima fúnebre que certamente se estenderia por todo o dia, e a culpa era da Rita.

Benedito sabia que de nada adiantaria insistir com a esposa. Ligou a TV e saiu para comprar algo para comer. Não sabia o que falar para a filha depois do surto da mãe, não sabia o que dizer para os outros dois filhos que assistiram a tudo. Não sabia como a sua presença poderia ajudar em alguma coisa, sentia o ar da casa pesar, arder as narinas e sufocar. Voltou com coxinhas, sanduíches, refrigerantes e sorvete. A comida era um pedido de desculpas por não protegê-los dos acessos de raiva da mãe. Por contribuir, ele mesmo, com a dor que a sobrecarregava. Por ser covarde como a mãe dele foi. Era um pedido de desculpas não elaborado, não processado por ele, não verbalizado para as crianças. Era comida, mas ele queria que fosse mais.

Na noite em que a filha saiu de casa, Benedito tinha certeza de que as coisas em breve se ajeitariam. Ele acreditava no poder de cura do tempo, e não era a primeira vez que um desentendimento como aquele tinha acontecido. Agora, passados dez anos daquele Natal, ainda se perguntava por que não conhecia o neto, por que não brincava com ele no chão da casa, por que a filha a quem mais dedicou carinho e cuidado lhe virou as costas. Com certo esforço, conseguia encontrar justificativas para o rompimento dela com a mãe, mas com ele? Por que se afastar de maneira tão abrupta e repentina? Por que não deixar que ele a visitasse?

Ele não havia feito nada à filha. Não tinha culpa. Queria saber por que estava sendo punido. Ainda não sabia que não fazer nada quando algo precisa ser feito é também fazer alguma coisa. Não imaginava que o distanciamento da filha era a resposta pelo seu silêncio e sua passividade durante toda a vida: as intervenções não feitas, as palavras não ditas, os gestos não esboçados, os colos não ofertados.

Como a vida chegou ao ponto em que estava? Desde o dia em que soube do câncer da esposa, vivia uma constante contagem regressiva. Se ela demorava a acordar, segurava seus braços finos, na esperança de ainda senti-los quentes. Observava o peito subir e descer lentamente, achando que, de um instante para o outro, o movimento cessaria e restaria apenas um corpo gélido ao seu lado. Quando chegaria a hora? Logo ele, que odiava funerais e se arrepiava ao avistar um caixão, teria de conviver com essa expectativa por um tempo indeterminado. Queria fugir, mas não se foge da morte.

Maria Lúcia levaria consigo as memórias que ele não conseguia guardar — a confiança nas capacidades da esposa fez com que atrofiasse as suas. Era ela quem se lembrava dos aniversários importantes, que jamais esquecia a data de retorno aos médicos, que diferenciava o comprimido da pressão alta e o do coração. Era ela quem lembrava as histórias cada vez que achavam uma fotografia antiga ou um objeto guardado há muito tempo. Apenas ela havia catalogado na mente os acontecimentos importantes, os marcos de desenvolvimento dos filhos, a receita do picadinho que era o seu prato preferido. Com ela, iriam embora o gosto do picadinho, o cheiro de café que o tirava da cama todos os dias, a quantidade exata de ervas que iam no chá para aliviar sua dor de estômago. Os pequenos detalhes da rotina eram organizados por ela. Sentia-se completamente incapaz de reaprender a viver agora, com quase setenta anos.

A casa, que já era grande demais para os dois, ficaria insuportavelmente vazia sem ela. Não moraria com nenhum dos filhos, enjaulado em um apartamento pequeno. Quais possibilidades restavam? Não queria ter de pensar nisso, seu desejo era que a esposa continuasse viva por muitos e muitos anos. A ideia era partir antes dela, sem precisar lidar com a dor da ausência. Ele odiava mudanças, detestava encarar o vazio e ser olhado por ele. E, embora não soubesse dizer se era feliz ou se tinha sido alguma vez em sua história, a sua vida era ao lado dela há mais de quarenta anos, e ele só queria que assim continuasse a ser.

Estava vendo TV quando escutou a voz dos filhos na varanda. Dos três. Deveria levantar-se para ajudar a esposa acamada? Sentiu vontade de se esconder e só voltar à sala quando o clima estranho, que certamente surgiria nesse reencontro, se dissipasse. A saudade da filha caçula, o medo do futuro, a angústia pelo que aconteceria logo em seguida se misturaram, e Benedito, como o menino que foi um dia, ficou prudentemente em silêncio. Aumentou a TV e fingiu estar muito interessado na alimentação dos gorilas que passavam no programa sobre a vida selvagem. Ficar quieto era o máximo que conseguia fazer.

4. Os irmãos

— Aqui vai ser o caixa do restaurante.

— Por quê? Eu não quero que seja aí, vai ser aqui.

— Você não sabe de nada. Vai ser aqui e acabou — Marília, de braços cruzados, tinha um olhar que parecia mesclar desprezo e presunção.

Rita sentiu o coração acelerar de raiva. As mãos se fecharam e o corpo tremia. Por que a irmã sempre se sentia superior nas brincadeiras? Ela não podia mandar, não tinha o direito de dizer como as coisas funcionavam.

— Não é justo! Você não me deixa escolher o cardápio, não me deixa colocar o bolo que eu fiz, não me deixa nada!

— O seu bolo estava feio e malfeito, parecia um cocô.

— Quem é um cocô é você!

Aquele era o limite, o cúmulo da falta de respeito. Rita tinha passado horas preparando um lindo bolo de terra. Enfeitou com as pedras mais bonitas que Lucas tinha trazido, moldou cada detalhe com as pequenas mãos. Era o bolo mais bonito que já tinha feito. Mas Marília o criticou e não deixou que o colocasse na tábua sobre as pedras — a vitrine de sobremesas do restaurante. Rita via um bolo de chocolate, coberto de granulado e enfeitado com uvas, Marília via uma sujeira disforme. Rita nem havia superado a decisão da irmã de descartar todo o seu trabalho e agora também não podia escolher o caixa? O restaurante era dos irmãos ou não? Encheu as mãos de terra e jogou nos cabelos de Marília, como se cada grão pudesse desfazer a arrogância que a irmã exalava, aquela aura superior de quem sabe exatamente o que dizer ou fazer.

Como podiam ser tão diferentes? Rita pensava que Marília, por ter nascido primeiro, tinha pegado para si toda beleza, assertividade e capacidade de ser amada, deixando para ela, que chegou três anos depois, o rosto feio da avó paterna, a dificuldade de falar sem magoar quem estivesse por perto e o dom de despertar o pior na mãe. Adorava a irmã — tanto de maneira direta, desejando falar e se comportar como ela, quanto às avessas, criticando e brigando com toda a perfeição que emanava dela. De toda forma, era inabalável a certeza de que ocupavam lugares absolutamente diferentes na régua que media a qualidade e capacidade das pessoas. Estavam em patamares opostos, como quase todos os irmãos que conhecia.

Seria algo natural um irmão gostar da noite, e o outro, do dia? Uma irmã ser calma e tranquila, a outra, agitada e impaciente, como uma determinação genética que as condena a serem polos extremos? Ou os roteiros são entregues assim que nascem, como em um teatro com personagens predeterminados? "Sinto muito, o papel da romântica e doce está ocupado, você precisa procurar outro jeito de ser especial por aqui. Que tal a cética que reclama de tudo? Esse está disponível!"; "Ih, já temos alguém de personalidade forte, com pouca tolerância à frustração e quase sem abertura ao diálogo, na nossa peça não cabem duas pessoas com esse perfil... Você vai precisar ser o bonzinho supercompreensivo." Rita odiava os papéis que recebeu, tinha sede de ir além, queria ser Marília e Lucas, às vezes, mas carregava o peso de ser ela mesma para caber na família.

• • •

A terra se impregnou nas tranças que Marília acabara de fazer. Aos oito anos, ela sabia fazer seus próprios penteados com a habilidade de uma adulta. Passava horas treinando a melhor forma de conter os fios rebeldes e domar o volume dos cabelos crespos. Naquele dia, tinha feito duas tranças, uma de cada lado, presas com elásticos coloridos que combinavam. E todo seu esforço foi em vão. Agora os cabelos negros estavam tingidos pela terra vermelha do quintal, simplesmente porque a irmã caçula se julgava no direito de fazer o que queria, sem se importar com a consequência de suas atitudes.

Havia em Rita uma liberdade que fazia Marília oscilar entre a inveja e a raiva. Os cabelos sempre bagunçados, as pernas arranhadas pelas quedas, os sapatos desgastados por subir nas árvores do quintal. Algo na irmã era indomável, não se permitia domesticar nem pelas tentativas insistentes e incisivas da mãe. Como Rita não se importava com o desgosto que o seu comportamento causava? Por que insistia em continuar sendo como era, mesmo sabendo que a mãe sofria com seu comportamento? Marília se sentia ansiosa ao pensar que alguém causaria na mãe algo diferente de prazer. Ela não queria causar qualquer incômodo. Não que fosse puxa-saco, como diziam os irmãos. Ocupar esse lugar lhe conferia um sentimento de proteção diante das instabilidades da vida.

Marília não nasceu um menino e isso, por si só, já roubava parte da capacidade de ser amada pela mãe, sabia disso. Não importava o que Lucas falasse ou fizesse nem o quanto o comportamento deles se assemelhassem. No irmão, as ações ganhavam mais brilho, mais luz, mais beleza. A presença dele fazia a mãe suspirar de orgulho e felicidade. Já que nunca seria o filho de ouro, ela se esforçava para ser relevante.

As diversas confissões que a mãe fazia, nos momentos de cansaço e tristeza, lhe davam um lugar. Não recebia os risos e aplausos, mas amparava as lágrimas, e isso valia alguma coisa. Buscar incansavelmente a perfeição era um fardo necessário para sentir que podia fazer algo diante das dores dela e da mãe. Se não era um prazer a mais, queria ser uma preocupação a menos.

Tinha o medo profundo de, um dia, receber da mãe os olhares lançados à Rita. Em seus pesadelos, a mãe a segurava pelos braços. Gritava que estava feia e suja, que ninguém gostava de gente como ela, e saía do quarto, pisando com tanta força que rachaduras se espalhavam e o solo se abria. Marília caía em um buraco, sem nunca chegar de novo ao chão. Acordava suada, chorando, com a boca insuportavelmente seca. Rezava, prometendo a Deus que seria a melhor filha do mundo e nunca causaria desgosto à mãe, para que nunca merecesse um castigo como aquele. No dia seguinte, era dez vezes mais empenhada e cuidadosa. "Ah, Marília, que bom que pelo menos você não me dá trabalho. Não sei o que seria da minha vida se você fosse igual à sua irmã!" A frase da mãe soava como um elogio, e, aos poucos, fazia com que se sentisse segura, menos ansiosa.

Pouco tempo antes, na festa de Dia das Mães na escola, tinha sido escolhida para recitar um poema. Era um texto imenso, maior que qualquer outro que fora capaz de decorar na vida. Lia e relia inúmeras vezes. Guardava cada palavra, salvando na memória o ritmo que imprimiria nas frases, o momento das pausas e dos sorrisos. Tinha a esperança de receber, talvez por alguns segundos, o olhar apaixonado que a mãe destinava ao irmão. As professoras vibravam durante os ensaios, diziam que ela havia nascido para ser atriz. Ao mesmo tempo, os irmãos não estavam tão empenhados em suas apresentações. Tudo isso fazia com que sentisse que, naquele dia, finalmente, os holofotes seriam seus.

Na tão sonhada data, Marília acordou cedo, separou a roupa e penteou os cabelos com um cuidado ímpar. Colocou fitas nas tranças, esticou os fios até sentir os olhos repuxarem. Queria que tudo fosse perfeito. Mas como a filha de dona Estela adoeceu, a empregada precisou faltar. O pai se esqueceu de encomendar o almoço, e comeram os restos que estavam na geladeira. O irmão perdeu as meias na hora de sair, mobilizando toda a casa na procura. A irmã rasgou o vestido, prendendo-o, sem querer, no carro, em um maldito gancho até então imperceptível. A família teve o dia inteiro para causar as irritações que, a menina sabia, deixariam a mãe menos receptiva ao seu amor.

Marília sentia raiva porque suas ações não eram suficientes para controlar a força da vida, que tomava rumos inesperados. Na coxia do teatro da escola, a pequena aguardava a apresentação, repassando as falas mentalmente. Segurava o choro preso na garganta, desejando forças para sustentar seu brilho. Entrou no palco, ajeitou a postura, projetou a voz. Entre os vários olhos que a miravam, não encontrava os mais importantes. Onde estava a mãe?

O pai estava sozinho, filmando a apresentação com a Sony preta, que cobria seu rosto quase todo. Concluiu a leitura com a voz embargada, as pernas tremendo e um vazio que tomava seu corpo inteiro. Ao sair do palco, encontrou a mãe no corredor, ameaçando Rita pelo canto da boca, contendo a explosão a que Marília assistira muitas vezes. Não sabia ao certo o que havia acontecido, nem queria saber. Assim que a viu, a mãe suspirou: "Ainda bem que você acabou, vamos embora! Já me irritei o bastante!"

Enquanto se apertavam no Monza vinho, a mãe reclamava do comportamento da caçula. Lucas e o pai seguiam em silêncio. Marília sentia um misto de ódio e frustração. Queria despentear os cabelos, jogar longe as fitas coloridas, sujar e rasgar o vestido, gritar alto e bom som que existia, tinha querer e desejo, merecia uma família que a enxergasse como era. Odiou todos, um por um: Rita e sua rebeldia desaforada, Lucas e sua perfeição despreocupada, o pai e seu sorriso passivo, a mãe e seu egocentrismo.

Fantasiou ter nascido de uma mãe que assistia emocionada às apresentações da escola, que abraça e diz que ama, que lê histórias na cama enquanto faz cafuné. Mas rapidamente afastou esses pensamentos, sentindo que traía a mãe real. A culpa não era da mãe, mas do pai inútil e dos irmãos, que demandavam tanto. Como Rita e Lucas ousavam dizer que era puxa-saco? Como ousavam criticar sua busca por perfeição? Um era o preferido da mãe, a outra, do pai. Que lugar ela ocupava? Não havia amor de graça, nada lhe era dado facilmente. Então, sim, precisava esconder o bolo de terra ridículo feito preguiçosamente por Rita, tinha que encontrar o lugar ideal para o caixa, devia tomar as rédeas das situações, porque, se assim não fosse, seria atropelada pelos desejos alheios.

A terra nos cabelos era mais do que conseguia suportar. Enroscou os minúsculos cachos da irmã em seus dedos, puxando-os com toda a força que conseguia.

Um grito estridente agrediu seus ouvidos: Rita chorava. Marília olhou para suas mãos com tufos de cabelo. Lucas a chamava de louca. Vieram a ansiedade e o medo de ouvir que era uma vergonha. O chão se abriu, seu corpo caindo, caindo, caindo. A menina entrou em casa correndo e foi direto para o banheiro, deixando para trás a brincadeira, o restaurante, o bolo, a irmã chorando, o irmão consolando.

Abriu o chuveiro e deixou a água se misturar às lágrimas. Podia sentir as pedrinhas arranhando o couro cabeludo à medida que se encontravam com os seus dedos, o líquido alaranjado escorrendo pelo corpo, a dor de não conseguir sequer brincar em paz. Não gostava de sentir raiva, de ser tomada por algo que guiava os seus gestos com mais rapidez que as suas intenções. Não gostava de perder o controle, e por anos seguiria tentando conter o que lhe acontecia, sem perceber que a vida não se permite limites. Do lado de fora, Rita gargalhava com o irmão.

• • •

Lucas não interferia na briga das duas. Não achava que valia entrar em conflito por picuinhas de meninas. Para ele, não fazia diferença se o caixa ficaria no lado direito ou esquerdo do balcão. Não tinha importância se o bolo era quadrado, redondo ou em formato de vulcão. Por que perdiam tempo com coisas tão pequenas? Por que disputavam o espaço daquela maneira? Preocupar-se com detalhes não era coisa de homem, e ele era menino-homem, tinha que aprender a se deter nas coisas certas. Se o pai não sabia qual xampu causava irritação nos olhos dele e das irmãs, ou em que gaveta ficavam guardados os panos de secar louça, era porque a mente de um homem deveria estar ocupada com grandes coisas.

Com dez anos recém-completados, ele se perguntava o que ser homem significava. Queria se comportar da maneira correta. Tentava captar o que era isso quando ouvia "Você já é um homem!", essa frase que parecia autoexplicativa. Mas não entendia o que esperavam dele. Como poderia fazer o certo, se não sabia qual era o certo a fazer?

Um dia desses, o Fuinha, filho de dona Helena, da rua de trás, caiu de um jeito tão feio que o osso ficou estufando para fora do braço. Ele não sabia o nome certo do Fuinha, porque, desde que começaram a brincar, só o chamam assim. Dizem que se chama Carlos e que ganhou o apelido por conta dos dentes protuberantes e do nariz comprido. Dar apelidos estranhos é coisa de homem. Ele, inclusive, não entendia por que ainda era chamado de Lucas. Tinha medo dos apelidos e sabia que, quanto mais se irritasse caso recebesse um, mais difícil seria se livrar dele.

No dia em que caiu, Fuinha se contorceu de dor, chorava desesperadamente. Em segundos, o futebol parou e todos os meninos o cercaram, tentando ajudar. Um gritou: "Joga água!" O outro: "Tira a camisa pra amarrar no braço!" E teve quem apelasse: "Chama a ambulância!" Mas "Para de chorar" virou coro depois que alguém berrou: "Para de chorar, mané, tu é homem ou não é?" Como resposta a quem questionava a sua virilidade, o menino de onze anos passou a soltar palavrões impronunciáveis. Lucas não sabia se era o calor, os xingamentos, a voz dos meninos ou o nojo da ferida aberta. De repente começou a se sentir mal, queria vomitar o almoço e as lágrimas represadas. O tumulto atraiu a atenção de uma vizinha, que foi buscar dona Helena. Ela apareceu na rua chamando o filho de "moleque". Então a roda se abriu, e a mulher, aos berros, saiu puxando o filho pela orelha, arrastando-o rua acima. O menino ficou mais apavorado ao avistar a mãe que diante de todo o sangue que escorria do machucado.

Depois que as crianças se dispersaram, Lucas ainda sentia um embrulho no estômago. Queria abraçar Juliano, seu melhor amigo, e chorar tanto ou mais que Fuinha. Estava assustado, com medo e preocupado com o garoto, mas, aparentemente, ele era o único que sentia algo assim entre eles. Ele não era uma "bichinha", ao contrário do que todos insinuavam quando um menino se mostrava minimamente sensível. E, se fosse? Queria entender qual era o problema. Gostar de abraçar um amigo era ser "bichinha"? Deitar-se no colo, como Rita fazia com as amigas, era ser "bichinha"? Por que ninguém lhe contava o que era ser homem? Por que tinha que concluir sozinho, como um detetive juntando pistas?

Às vezes, parava em frente ao espelho e procurava, em algum lugar nos seus braços gordinhos, a força e o brilho que a mãe dizia que ele tinha. Mas ele não encontrava, mesmo procurando com muito empenho. Será que ela ainda o acharia forte se descobrisse que teve muita vontade de chorar quando o Fuinha caiu? O que a mãe pensaria se soubesse que por dentro ele não se parecia com o que ela via por fora?

Existia uma tensão constante em se manter merecedor daquele olhar e continuar sendo o filho que ela tanto sonhou. Por vezes, sentia vontade de testar o seu amor. Tinha vontade de deixar de estudar. De gritar "não" todas as vezes que a palavra viesse à boca, dizendo como a mãe era chata e controladora. Queria entrar em casa com os pés sujos de lama, deixando barro por toda a casa. Mas o medo de perder no teste do amor o fazia desistir. Se ela desistisse de amá-lo, seria capaz de sustentar, sozinho, o peso do próprio corpo? Perder a sua devoção era a maior tragédia que podia acontecer. Não valia a pena arriscar, não receberia recompensa que valesse o sacrifício. Melhor deixar tudo como sempre esteve.

Quando Marília puxou os cabelos de Rita, quis esbofetear a irmã do meio. Ela era mais alta, mais forte, mais velha. Bater numa criança do tamanho de Rita era covardia, e ele odiava covardia. Antes de se aproximar, Marília já havia saído correndo, deixando para trás a caçula, desolada. Nunca soube ser carinhoso, dar abraço e beijo para consolar. Os toques físicos eram estranhos e desconfortáveis, não sabia recebê-los nem ofertá-los. Mas era possível fazer rir. Herdara do pai o sorriso fácil, os dentes alinhados e brancos, a simpatia que não demandava nenhum esforço. Depois de duas ou três gracinhas, Rita gargalhava alto, já esquecida da briga e da dor.

Lucas odiava conflitos, desentendimentos. Topava qualquer negócio para fugir do confronto, de vozes alteradas, de corações acelerados. Será que alguém era capaz de lidar com os furacões interiores? Será que alguém tinha respostas? Quando olhava para a própria família, tinha a nítida sensação de que a inaptidão para os sentimentos era uma incompetência apenas sua. Não encontrava ressonância na mãe, que, sempre tão segura de quem era e do que via, não abria espaço para dúvidas ou questionamentos, nem no pai, que, de tão pacato e tranquilo, parecia não se abalar com nada na vida. As irmãs, tão opostas entre si, se distanciavam de suas incompetências em igual medida. Por vezes, pensava ter nascido na família errada. Existe família certa?

Com o passar do tempo, esqueceu seus conflitos infantis. Agora fala da própria infância como a melhor época da vida, quando nenhuma preocupação o atormentava. Diz, saudoso, que foi um tempo muito bom. Marília não fala da infância com o mesmo romantismo. Rita prefere não pensar no que passou. Não tiveram a mesma infância, ainda que insistam em dizer que sabem tudo do passado um do outro. Ter dividido a mesma casa, o mesmo pai e a mesma mãe não foram suficientes para se conhecerem. Mas, afinal, o que é necessário para que possamos conhecer alguém?

5. Amor

De frente à porta, Sérgio olhou para Marília, em silêncio. Muitas palavras foram ditas nos últimos meses, atrapalhadas pela raiva, pela mágoa e pelo rancor, mas, àquela altura, já não fazia sentido falar. Ela retribuiu o gesto. Estava cansada, em um nível tão profundo que sentia os ossos enfraquecerem dentro do corpo. Ambos sabiam que o silêncio e o olhar eram tudo que podiam oferecer um ao outro naquele momento. Doze anos juntos, um filho, muitas histórias vividas, sem que se dessem conta de que estavam, dia após dia, caminhando para o fim.

Mais de dez mil refeições compartilhadas, mais de quatro mil noites dividindo a cama, doze Natais, doze aniversários dela, doze dele. Se fizessem as contas, descobririam que foram 523 almoços de domingo, 180 dias em viagens que ora estressaram, ora renovaram a fé de que viveriam juntos para sempre.

Descobririam, também, que 693 dias, a maioria no começo da relação, foram vividos com a sensação de que estavam no caminho certo. Por 1.921 dias, eles simplesmente não pensaram se valia a pena ou não continuar acreditando que era possível construir uma família feliz. Nesses momentos, eles pouco refletiram sobre o conceito de felicidade. Simplesmente seguiram acordando, dizendo "bom dia", trocando um leve encontro de lábios, mais por protocolo que por prazer.

Se fosse possível realizar essa contagem, descobririam que passaram 1.822 dias acreditando que as diferenças eram inconciliáveis. Na verdade, se fosse realmente possível fazer essa conta, eles perceberiam que essa era uma preocupação exclusivamente dela. Ele tinha questionado pouco a capacidade de permanecerem juntos. Acomodado na vida que levavam, via nas brigas e queixas da esposa algo natural. Mesmo agora, com as malas no carro, os olhos vermelhos e aquela terrível sensação no corpo, ainda não entendia por que ela havia perdido as esperanças.

Marília passou alguns minutos olhando para a grande porta de madeira que dava entrada ao apartamento.

Lembrou-se do dia em que a compraram. Foi capaz de escutar novamente a voz rouca da vendedora que, empolgada, descrevia cada detalhe. "Madeira de cerejeira, pivotante, acabamentos em alumínio de alta qualidade! Essa porta dura uma vida inteira, vocês vão ficar velhinhos e ela ainda estará maravilhosa como hoje, eu garanto!" Marília riu. A vendedora devia ter assegurado, também, a durabilidade do casamento deles. Por que não garantiu que a certeza de que eram feitos um para o outro duraria tanto quanto a maldita porta? Agora, aquela porta era somente dela, e isso não lhe causava dor pela saudade que sentiria, mas pela sensação de incompetência que a tomava por inteiro.

Ela odiava desistir. Era forte, competente. Resolvia o problema que chegasse a suas mãos, não interessava o tamanho. Mas não conseguiu resolver os problemas dos dois. Não foi forte o suficiente para tentar mais uma vez. Não pôde fazer Sérgio feliz, não conseguiu ser feliz, e agora, depois de tantos anos insistindo, ela se rendia à derrota. E o gosto de desistir era amargo, travava na garganta, doía o estômago.

Ela desejava ter conseguido ser o alicerce sobre o qual se edifica a casa, mas sustentar todo o peso da família era uma tarefa grande demais, algo que seus ombros estavam exaustos de carregar. Estava cansada de pensar em tudo, de organizar a própria vida, a do filho, a do homem adulto que se comportava pior que a criança. Odiava desistir, mas sentiu certo alívio ao pensar que já não precisaria reclamar e pedir e tentar e recomeçar e, mesmo exausta, continuar tentando, e tentar mais um pouco e chorar de cansaço. Era triste confessar, mas estava aliviada. Derrotada, mas aliviada.

Os olhos estavam secos. Ela se perguntava se nos últimos anos havia chorado tanto que nada tinha restado. Viveram algumas crises ao longo do relacionamento, mas a última vinha se arrastando havia tanto tempo que se transformou na própria relação. Questionou o que tinha mudado do início até ali. Por que tudo nele se tornara tão irritante? Demorou a entender que o maior problema era a ausência de mudança: o comodismo com as próprias incapacidades, a naturalidade com que dizia não conseguir melhorar em algo, a facilidade com que desistia de lidar, de forma afetuosa e responsável, com o filho.

Casaram-se jovens, a cabeça transbordava ilusões. Naquela época, ainda era aceitável ele dizer que não sabia como organizar o armário ou que não era bom com as palavras. Mas os anos passaram, e se ele tinha se tornado fluente em inglês e espanhol, mudado duas vezes de emprego, além de ter adquirido a capacidade de liderar uma enorme equipe na empresa, podia também ter se desenvolvido nesses pontos. Ele podia ter aprendido a fazer a lista de compras, a pendurar a toalha, a marcar o pediatra, a enxergar o peso que ela carregava sozinha. Se não havia limitação cognitiva que o impedisse de mudar, o que faltava então? Vontade? Disposição? Prioridade?

Nunca foram o casal fofo e apaixonado que se abraça e beija o dia inteiro. O excesso de toque incomodava Marília, abraços constantes pareciam invasivos. Ela queria uma companhia adulta, alguém que não cobrasse atenção e cuidado, o que, a seu ver, combinava com fases infantis já superadas. Se não tolerava sua própria carência, não era obrigada a tolerá-la no outro.

Eles se conheceram em um dos vários cursos de aperfeiçoamento profissional de que Marília participou. A segurança que ele emanava no primeiro encontro a seduziu. Era um homem de olhar firme, voz segura, grandes ambições. Entendia dos mais diversos assuntos e tinha todas as certezas bem amarradas em si, seguras e inabaláveis, enquanto ela sentia que os seus pensamentos e quereres estavam presos em si por linhas finas e frágeis. Ela se esforçava para parecer forte e segura, ele parecia ser forte e seguro sem esforço.

Quando o filho nasceu, Sérgio foi aprovado em uma pós-graduação na Imperial College London, ela sequer se candidatou. Ele foi, aumentou o currículo e a lista de contatos. Ela ficou. Trabalhou depois de passar noites em claro e cuidou mais de febres e resfriados do que leu livros ou estudou. Por quase dois anos, se viram uma vez a cada semestre. Quando voltou, ele tinha muitas histórias, ela, muitas mágoas. Mas seguiram, passaram por aquela crise, começaram de novo.

O próximo conflito entre os dois chegou quando ela assumiu o cargo de executiva sênior na empresa. Aparentemente, cuidar de um menino de seis anos, com a ajuda da babá e da própria mãe, era um fardo pesado demais para Sérgio. Ele não dava conta de chegar cansado do trabalho e pensar no jantar e na rotina do dia seguinte do menino. Ele dizia que ela precisava ser firme com a empresa. Tinha um filho, não podia viajar dois ou três dias por semana. As certezas dele, que antes pareciam tão admiráveis, se mostraram arrogantes e egoístas.

Marília percebeu que ele era criativo e arrojado porque sua energia psíquica não era drenada pela preocupação com as manchas dos panos de prato ou pela escolha de roupa mais apresentável para o filho. Havia espaço vago em sua mente, que não era invadida por pensamentos obsessivos de cuidado com a casa, com a aparência, com o trabalho, com a vida. Mas ela insistiu, achou que podia lidar com as crises, com as suas diversas funções. Era capaz de conter as reclamações e suas dores em nome da família. Ninguém podia dizer que ela não tentou salvar aquela relação.

E então, chorou. Era estranho fazer isso no sofá de linho grafite, e não escondida, no banho. Finalmente, não havia mais de quem ocultar as lágrimas. Ainda assim, logo enxugou o rosto. Ergueu o corpo, decidida de que não tinha tempo a perder. Tinha anos de experiência em engolir a dor — dentro dela, o sentimento tinha se incrustado em muitos cantos, grudado nas paredes, se espalhado pela alma. Aquela seria apenas mais uma. Não ligou para uma amiga, tinha poucas e não se sentia no direito de encher o ouvido delas com as suas queixas. Marília não conhecia a sensação de se apoiar em alguém até deixar de sentir o peso do próprio corpo. Não sabia se entregar. Não sabia que uma hora o choro para, que, quando a gente não o represa, ele não nos engole. Pelo contrário, faz escoar a aflição que está em excesso e abre espaço. Tinha medo de chorar, de sentir tristeza, de o chão se abrir e ela de cair no abismo.

Teve dois namorados e uma namorada antes de Sérgio, e ninguém conseguiu transpor a proteção que construiu ao redor de si. Quando criança, aprendeu que o coração era um órgão frágil, de um cristal fino como as taças de vinho, que poderiam quebrar à menor desatenção. A cada dor, ela queria protegê-lo mais. Proteção e coração se confundiram, e ela já não sabia onde começava um e terminava o outro. Nas poucas vezes em que tentou diminuir a barreira, foi tão dolorosamente ferida que passou a erguer muros cada vez mais altos e intransponíveis. Tinha uma vontade não nomeada de ser amada e amparada, mas também medo do que podiam fazer caso se aproximassem demais. Não sabia o que era maior: a vontade de ser amada ou o medo. Seria possível medir?

Nunca pensou em fazer terapia. "De que adianta passar uma hora por semana descrevendo meus problemas, se quem me escuta não vai poder fazer nada para me ajudar?", era o que respondia às amigas que descreviam as sessões como essenciais para a manutenção de alguma sanidade mental. Ela não conseguia entender como contar da vida ou olhar para o passado lhe faria bem. Mas, principalmente, não gostava de falar ou pensar na infância. Não conseguia enxergar encanto nessa fase da vida em que se é tão impotente. Achava melhor não pensar na ansiedade que tomava seu coração todos os dias, no medo de irritar a mãe, nas responsabilidades que assumiu cedo demais.

Preferia se apegar às certezas, porque elas traziam a sensação de segurança que lhe faltava. Definitivamente não nasceu para relacionamentos amorosos. E não tinha paciência para lamúrias de quem não tem força de vontade para fazer o que é preciso. Tampouco podia perder tempo olhando para o passado. Para frente é que se anda. Quando a vontade de se aconchegar nos braços de alguém surgia e o desejo de ser vista e ouvida latejava tão forte que quase rompia a linha que segurava suas convicções, ela tratava de silenciar o incômodo pensando em um novo projeto de trabalho ou vendo TV até cochilar no sofá. Não havia mal que não pudesse ser resolvido — ou silenciado — por um bom vinho. E não havia motivo plausível para duvidar disso.

Embora fosse persistente e teimosa, Marília havia desistido de ser amada havia muito tempo. Mas, afinal, quem consegue alimentar a certeza de que merece receber amor quando a vida insiste em provar o contrário? É difícil acreditar que nossas dores merecem ser cuidadas e acolhidas se as pessoas ao redor ignoraram nossos sentimentos desde sempre. Marília nunca soube o que era ser plenamente ouvida, porque nunca encontrou quem lhe dissesse que a escuta era possível. Sem saber, ela desistiu do amor e matou cada pedaço que, insistente, tentava ressuscitar sua vontade de ser vista pelo que era, e não pelo que fazia. Apesar de ser dotada de uma inteligência acima da média, entrava em contato com suas forças internas, que insistiam e desistiam, queriam e tinham medo. Elas duelavam à sua revelia. Marília apenas seguia, como sempre soube que deveria fazer.

• • •

De frente ao espelho, Lucas arrumou o cabelo com o pente garfo e, pela primeira vez, assumiu em voz alta que preferia a gravata azul. Ele também tinha predileção por lírios em vez dos copos-de-leite, quatro daminhas em vez de seis, brigadeiros em vez de bombons trufados, cerimônia no final da manhã em vez do final da tarde. Preferia algo íntimo, apenas com a família e amigos, mas foi voto vencido em todas as suas escolhas. Talvez não pudesse considerar que era voto vencido, porque sequer manifestou suas vontades. Em vez disso, insinuou algumas delas, como um espectador com pouco envolvimento e nenhum poder. Os inúmeros conflitos entre a mãe e Aline já o levavam ao limite. Nenhuma das suas preferências valia o esforço, o desgaste e o número de palavras que seriam necessárias para defendê-las.

Era difícil compreender a rivalidade que existia entre elas. Eram as mulheres mais importantes da sua vida, por que tinha que escolher quem defender o tempo inteiro? A festa de casamento trouxera uma enorme vontade de fugir de ambas. Aline falava sobre os absurdos do número de convidados da mãe, as indiretas que ela soltava a cada encontro e o tal cordão umbilical que eles nunca cortaram. A mãe o sobrecarregava com queixas sobre os gostos da noiva, a arrogância com que limitava sua atuação na festa — ela, por acaso, estava pagando tudo sozinha? —, o fato absurdo de que não teriam um padre celebrando a união. Ele só queria que as coisas fossem mais leves, que as duas resolvessem seus conflitos sem solicitar a sua intervenção. Queria, na realidade, que não tivessem qualquer desentendimento.

Estou pronto, pensou. Será? Mal completou o pensamento e sentiu todos os músculos do corpo questionarem a certeza. Moravam juntos há quase um ano e ainda assim sentia uma insegurança enorme ao pensar no futuro da relação. Quando decidiram morar juntos, acreditava que a convivência seria fácil. Preocupava-se apenas em garantir um bom padrão de vida para ambos, mas o tempo mostrou que os relacionamentos costumam ser mais complexos que a construção de uma conta bancária de que pudessem se orgulhar. Amava Aline como nunca amou ninguém, mas tinha a impressão de que estava sempre em dívida na relação.

Cada erro cotidiano, por vezes, parecia uma falta grave, e ele odiava a sensação de que estava sempre na iminência de um novo cartão amarelo para ser expulso do jogo. Namoravam há quase dois anos, e ele já havia melhorado tanto, por que ela não reconhecia os seus esforços? Ele não era o culpado por todo o machismo do mundo, não era justo que recebesse a conta pelas dores que a mulher tinha acumulado ao longo da vida.

Era um cara legal, sabia disso, e queria que ela soubesse também. No fim das contas, pensava que ela não era capaz de ver isso e que as suas boas intenções não eram o suficiente. O raciocínio foi interrompido pelas gargalhadas dos amigos, que anunciaram a urgência do momento: pronto ou não, o carro o esperava na porta da casa.

Lucas era guiado pelas urgências em quase tudo que se relacionava com a sua vida pessoal. Talvez o intenso medo de desagradar o fizesse adiar decisões importantes, talvez isso fosse parte da tendência masculina de refletir pouco sobre si e sobre o outro. De toda forma, precisava das demandas externas para se pôr em movimento. A passividade era a maior queixa de Aline, e a que mais o machucava, pois não se sentia responsável por suas limitações. Não tinha culpa por não ter sido educado para ver os detalhes nem se apegar a minúcias. Sem perceber, esperava que ela se contentasse com o homem acima da média que ele sabia que era. De que importava se a média era ridiculamente baixa?

No caminho para a cerimônia, sentiu vontade de chorar, tão intensa que quase não conseguiu contê-la. Queria perguntar ao pai se passou por algo parecido quando se casou. Mas nunca tiveram conversas sobre sentimentos e medos, e agora não conseguia decidir como iniciar a frase. Então, fez o que sabia: engoliu de uma só vez as palavras e as lágrimas. Eram tantas as palavras e lágrimas engolidas há tanto tempo que às vezes tinha medo de morrer engasgado. E então tomava um analgésico e um antiácido, porque julgava que a digestão da comida era seu maior problema.

Uma semana antes do casamento, deitado na cama com Aline, teve vontade de falar que estava ansioso com o passo que estavam prestes a dar e tinha medo de não corresponder às expectativas dela, da família, dos amigos. Também não sabia ao certo o que mudaria quando eles trocassem as alianças. Mas o que ela pensaria dele se admitisse as suas angústias? Acharia que queria desistir? O amor que ela oferecia mudaria se ele assumisse que tinha inseguranças sobre a vida, sobre os dois, sobre existir? Acariciou a pele macia, sentiu o cheiro do sabonete de cereja e avelã que se tornara um dos seus aromas prediletos, buscou os olhos castanho--claros escondidos entre os cachos volumosos e decidiu que não havia dor no mundo que valesse a pena arriscar perdê-la. Não falaria sobre o medo, sobre as dúvidas, sobre detalhes insignificantes.

Como quem pode ler pensamentos, Aline falou que estava ansiosa e com medo. Uma folha de papel e dois anéis podiam assustar tanto assim? Lucas queria ter aproveitado o momento, mas não tinha coragem. Beijou as pálpebras úmidas, as orelhas, o pescoço, deixou o cheiro dela entorpecer seus sentidos e fazê-lo se esquecer de que existiam medos quase palpáveis dentro deles. Repetiu que a amava e que tudo daria certo, tentando convencer a ela e a si mesmo de que era possível prever o futuro dos dois. A voz embargada pelo medo foi suprimida pela excitação, a alma desejava intimidade. Fizeram sexo de forma intensa, ansiosos. Os gemidos altos queriam ser choro. O gozo foi um suspiro de alívio.

Lucas não estava equivocado sobre si. Era um cara gentil, cuidadoso, amável. Mas o medo de perder o título de "homem perfeito" que lhe foi conferido desde o nascimento o impedia de se posicionar diante da vida. Fazia o que não queria, do jeito que não queria e colocava na conta do outro as responsabilidades por suas escolhas. Ele se magoava profundamente quando seu esforço — não solicitado — de engolir o próprio querer não era reconhecido. Tinha ressentimentos antigos que preferia não acessar, porque caras legais não se ressentem. A quem perguntasse, respondia sempre que estava bem e feliz. A vida era como tinha que ser, e pensar assim o protegia de entrar em contato com emoções que não queria conhecer. Quando a vida doía, tomava um analgésico mais forte, talvez um bom relaxante muscular, e colocava a culpa no trabalho. Vivia um dia após o outro, com um sorriso no rosto e rompantes esporádicos de raiva que logo eram contidos, justificados e esquecidos. O importante mesmo é que era um cara legal. E feliz.

• • •

É só um cinema, é só um cinema, Rita repetia mentalmente enquanto escolhia entre o vestido preto e o macacão amarelo. Que roupa faz a gente parecer descolada, alegre, segura e levemente sexy? Não queria parecer ansiosa, carente e incapaz de se relacionar de maneira saudável e tranquila, apesar de se sentir exatamente assim na maior parte do tempo. Iuri parecia ser um cara legal, e ela merecia um cara legal depois do último relacionamento... A dor que ela sentia ainda era tão forte que não conseguia dizer o nome dele em voz alta. O leve pensamento lhe causou um arrepio, e ela fez o sinal da cruz, mesmo não sendo religiosa. Valia qualquer crença para ajudar a afastar o mal.

Conheceu Iuri no aniversário de uma amiga. O bar estava cheio, ela queria ir para casa ver tv. Os pés doíam — maldita sandália de salto —, os olhos ardiam de sono e a cerveja estava quente. As amigas gargalhavam contando histórias que ela sequer escutava, e nada, absolutamente nada, seria capaz de melhorar o mau humor que a acometia. Quem, em sã consciência, trabalha a semana inteira e escolhe a noite de sexta para ser mal atendida em um bar cheio? Talvez só mesmo ela, com sua enorme vontade de fugir dos próprios pensamentos e de esquecer que a vida dói mais do que deveria.

— Também quero ir embora — surgiu uma voz masculina inesperada.

Não era o primeiro que se aproximava, o que apenas aumentava sua vontade de sair correndo dali. Rita virou a cara, entediada, pronta para dar uma resposta grossa e definitiva. Mas descobriu que a boca que era dona daquela voz era carnuda e lindamente definida. Assim que recebeu a atenção que queria, Iuri sorriu, fazendo parte do cansaço de Rita ir embora.

— Consigo escutar o meu sofá me chamando, acredita? O coitado ficou chorando quando eu saí. Somos muito unidos — respondeu rindo, como quem conversa com um velho amigo, e não com um bonitão desconhecido em um bar.

— Putz, prometi para o meu que voltava logo também, mas sou o motorista da rodada e estou condenado a esperar a galera que veio comigo. Sabe o que eu queria? Estar em casa, dando um nó na minha cabeça com *Lost*. Não entendo aquela fumaça preta, pura loucura!

— Afinal de contas, eles estão mortos ou vivos?

— Não faço a mínima ideia. Iuri, prazer! — Estendeu a mão em um cumprimento gentil, deixando dúvida se aquilo era ou não um flerte.

— Rita — respondeu ela, sorrindo e se criticando internamente por ter mexido nos cabelos como uma adolescente empolgada demais, sem conseguir manter a atmosfera de superioridade e confiança.

Ficou com medo que um silêncio constrangedor pudesse se instaurar entre eles, como uma visita inconveniente que se recusa a se retirar. Então buscou rapidamente um novo assunto. Ela não gostava de *Lost* e não sabia como falar sobre a série que havia conquistado todo mundo, menos ela.

— Que música deprimente... a voz desse cara é sofrível!

— É... ele é meu irmão.

Rita não conseguia acreditar que tinha falado uma besteira como aquela. Irmão? Como ela adivinharia? Não poderiam ser mais opostos! Dois anos sem sair com absolutamente ninguém e, em menos de cinco minutos de conversa com um cara aparentemente legal, já tinha se comportado como uma menina e ainda insultado a família dele. Mais dez minutos de conversa e ela poderia gritar "Bingo!", depois de completar a cartela O QUE NÃO FAZER DURANTE UMA PAQUERA. Sentiu-se embaraçada. Os pensamentos julgadores a tomaram de forma tão profunda que o semblante mudou.

— Ei, é brincadeira, desculpa. Achei que a gente ia rir depois, não pensei que você fosse ficar constrangida.

— Mas eu não fiquei constrangida.

Se no começo da conversa tinha mexido nos cabelos como uma adolescente, agora respondia como uma menina de cinco anos. *Vai, Rita, agora puxa o cabelo dele, chama ele de feio e fala: Quem tá constrangido é você! Ridícula...*, a voz interna lhe disse, aumentando seu mal-estar. Coisa estranha essa voz que julga nossos gestos e falas, nos lembrando, a cada passo, das nossas dificuldades. Sempre cruel, sádica, violenta, a voz que vivia na cabeça de Rita parecia odiá-la. E Rita odiava não conseguir se livrar dela.

— Pisei na bola! Não foi por mal, desculpa. Vamos voltar à cena. Finge que não te respondi com essa bobagem. Fala de novo.

— Eu não vou falar isso de novo!

— Vai, fala!

— Não!

— Então eu mudo só a minha resposta: "Nossa, também acho esse cara bem chato. Sinto vergonha alheia só de escutar." E aí, respondi certo?

— Foi mal, te achei legal e fiquei com vergonha de ter ofendido a sua família. E agora tô envergonhada de assumir isso pra você. Acho que preciso ir pra casa, tô falando uma besteira atrás da outra.

— Ei, me achar legal não é falar besteira! E você fica ainda mais bonita quando fala o que pensa.

A noite acabou com beijos molhados e troca de mensagens pelo telefone. Descobriram que gostavam das mesmas músicas, amavam *Amélie Poulain* e odiavam os dias nublados. A conversa fluía com uma facilidade tão grande que impressionava. Iuri trazia uma calma que contrastava com tudo o que Rita entendia como amor.

Em seu último relacionamento, o amor doía o corpo inteiro, causava uma ansiedade que lhe tirava o chão. Estar sem ele era estar sem ar. Queria se fundir a ele, ler os seus pensamentos, estar por perto para, quem sabe, ter a chance de fazê-lo mudar de ideia quando a vontade de desistir dela chegasse. A insegurança que a cercava era sempre tão intensa e tão grande que precisava da confirmação constante de que ainda era merecedora de afeto. Foram dois anos de crises de ciúmes, discussões com gritos, choros e noites em claro. Era amor e era doença. Era amor?

Não foi apenas um cinema. Foi um cinema, depois um jantar, e então um final de semana em uma pousada na praia. E daí horas de conversas ao telefone, em um tempo em que as mensagens no celular não eram suficientes para dar conta do que a paixão precisava dizer. Com

Iuri, Rita sentiu algo que nunca experimentara antes: tranquilidade. Estar com ele era seguro e calmo. Ele era firme e amoroso, e tinha um olhar capaz de ajudá-la a acalmar as tempestades internas mais turbulentas. Ele tinha o poder de escolher as palavras que faziam suas feras adormecerem. Quase não acreditava ser possível viver uma relação tão diferente da que viveu antes. Como ela podia ser tão diferente do que foi um dia? A Rita de agora já existia dentro dela e tinha medo de sair? Ou a outra Rita tinha tanto medo, que não deixava que essa Rita aparecesse? Quem escolhe que Rita ela vai ser? Fosse quem fosse, ela gostava de quem era ao lado dele.

Iuri dizia que amava sua espontaneidade, a forma como ela gargalhava, a bondade com que olhava para ele e para o mundo. Rita não sabia enxergar o que existia de bom em si mesma. Aprendeu que era a Rita que falava demais, que ria demais, que incomodava. Passou a vida sentindo que era algo que sobrava e deveria ser descartado. Mas foi aprendendo a enxergar melhor a si mesma através daquele olhar. A leveza que Iuri emanava lhe ensinou respirar com calma. Em casa, havia a sensação constante de que precisava aproveitar com ansiedade cada suspiro, porque o ar, já restrito, logo seria envenenado por uma palavra ofensiva, uma mágoa profunda. Com o ex, ela mantinha a convicção de que, em algum momento, as coisas mudariam imprevisivelmente — o que estava bom podia, do nada, deixar de estar. O ex ofertava uma dor conhecida. Iuri lhe apresentou um amor novo.

Foi o amor novo que lhe deu forças na noite em que abriu a porta da casa da mãe e saiu, sem olhar para trás. O amor novo e as horas na sala de Tânia, que a acompanhava no caminho de fazer perguntas e encontrar novas respostas sobre si mesma. Naquele Natal em que falou o que jamais acreditou que teria coragem de falar, Rita já não era sobra, era parte inteira. Carregava dentro de si um punhado de dúvidas, a certeza de que merecia amor e um bebê. E estava mais corajosa do que nunca.

6. Rupturas

O cheiro doce de morango tomava todo o apartamento de Rita, assim como a ansiedade que ela sentia. Cada detalhe precisava estar perfeito, incrível, espetacular. Ela sabia que mesmo que tudo estivesse absolutamente impecável, a mãe encontraria algo a ser criticado. Falaria de uma assimetria imperceptível entre o lado direito e o esquerdo do *cheesecake*, de um sabor amargo residual — causado pelo tempo em excesso da calda no fogo —, ou da péssima escolha do *cream cheese*. A única vez que escutou um quase elogio foi um tanto ofensivo: "É, está *bem-feitinho*, mas..." O *bem-feitinho* foi dito revirando os olhos e fazendo um bico de quase desprezo. Mas foi *quase*, então não dava para dizer que foi uma crítica grosseira. Quase elogio, quase crítica, quase desprezo. Mas Rita seguia tentando ser amada pela mãe.

Por vezes, se perguntava por quê. Por que insistia em ser amada pela mãe? Quinzenalmente, a família almoçava junto, e os encontros eram constantemente torturantes. A mãe criticava suas roupas, o cabelo ressecado, a circunferência dos quadris ou da cintura. Os irmãos e o pai fingiam não ver, e isso doía tanto quanto as ofensas da mãe. Podia ir para a praia, para o cinema ou ficar em casa, abraçada a Iuri, procurando filmes na TV. Mas caminhava voluntariamente para um encontro que sempre a deixava machucada. Tudo feria: as falas e os silêncios, os olhares e a indiferença, o dito e o não dito. Costumava dizer que já não esperava nenhuma mudança na dinâmica familiar, mas a verdade é que torcia pela chegada do dia em que pisar naquela casa fosse minimamente seguro.

Mesmo quando não era diretamente ofendida, mesmo quando, milagrosamente, não era alvo das falas cortantes da mãe, a iminência de sofrer ataques era, por si só, uma dor. O estresse de estar alerta por tanto tempo latejava no estômago. Os almoços de domingo eram um campo minado, e toda e qualquer atitude poderia fazer com que tudo explodisse. Tinha medo de derramar molho de tomate na cadeira de corino branco e deixá-la manchada para sempre. Tinha medo de usar uma pulseira que arranhasse o *rack* de madeira sem que notasse. Tinha medo de, ao lavar a louça, confundir a esponja para pratos e a esponja para copos e iniciar uma guerra mundial. Tinha tantos medos, que a tensão percorria todo o corpo, deixando-o tenso. A respiração mudava quando começava a se preparar para visitar a casa da família e só normalizava horas depois de voltar à segurança do seu apartamento.

Mas era Natal, e algo nela fazia com que acreditasse que este ano seria diferente. Alisou a barriga, ainda em êxtase pela descoberta recente: um bebê crescia em seu ventre. Não chegou a pensar que a expectativa de uma mudança radical na relação com a família se devia à gravidez. Jamais assumiria para si mesma, mas havia nela uma Rita que acreditava ser possível receber um abraço caloroso de todos. Uma Rita que depositava esperança no milagre de uma nova vida. Aquela era uma época mágica e, talvez, o tal espírito natalino, que nunca visitou a sua infância, surgisse naquela noite, trazendo uma nova fase de paz. Não ousava transformar a expectativa em pensamentos elaborados, tampouco em palavras, apenas afirmava que aquele ano seria diferente.

Decidiu que levaria um *cheesecake* de frutas vermelhas, receita que aprendeu com uma amiga norte-

-americana e que, modéstia à parte, conseguia reproduzir muito bem. Já havia testado com a sogra mais de uma vez, com os amigos tantas outras, era uma sobremesa aprovada por unanimidade. Pensar na sogra aquecia seu coração ao mesmo tempo que amplificava as tristezas. A relação que estabeleceu com ela, desde o início, era tudo o que sonhava ter com a mãe. Habituou-se a falar para Iuri que ele tinha muita sorte, mas omitia a parte em que pensava que tinha muito azar. A sogra transbordava uma alegria que jamais vira na mãe. Era gentil, animada, admirável. Reconhecia qualquer sombra de tristeza em Rita e ofertava um colo tão disponível que chegava a ser estranho. Jamais disputaram espaço na vida de Iuri, mesmo sendo ele filho único. Olhava a união dos pais do marido, o respeito com que o tratavam, o carinho, quase palpável, e se sentia feliz por tê-lo conhecido aquele dia no barzinho.

Pela primeira vez, combinaram que passariam a véspera com a família dela e o dia de Natal com a dele. A gravidez aumentou a vontade de celebrarem juntos, de se sentirem família, de se verem como pais para além de serem apenas filhos. O bebê não foi planejado, mas já era amado. Os planos foram adiantados, e, em vez de desesperados, ficaram surpreendentemente felizes. Ele já passava boa parte do tempo no apartamento dela, mas agora morariam juntos oficialmente. A casa com um quintal grande e uma árvore para pendurar um balanço deixou de ser um sonho distante, e eles passavam horas buscando anúncios. Conversavam sobre nome de crianças, sonhos e o futuro. Quando pensava em Iuri e no que estava por vir, Rita sentia uma alegria que dava medo. Será que alguém pode ser feliz assim? Será que tinha o direito de ser amada e amar de maneira tão profunda e intensa?

Colocou o *cheesecake* na geladeira, pôs a calda para esfriar e foi para o banho. Várias roupas estavam espalhadas pela cama. Ela não conseguia escolher o que vestir, porque cada uma delas parecia vir com uma legenda dos possíveis comentários maldosos da mãe. Se sentisse que tinha escolha de verdade, ela não iria para aquela ceia de Natal e não passaria por toda essa tensão, mas dizer "não" era impensável, quase absurdo. Seu papel de filha era sentar à mesa, sorrir diante do desconforto e torcer para não ser o foco das atenções. Estava acostumada a questionar, mas, ainda assim, cumprir o seu papel. Trocou de roupa três vezes, mudou o penteado duas. Até mesmo o batom parecia uma escolha de vida ou morte. Estava exausta apenas por pensar nas horas que estavam por vir.

Em meio ao caos, olhou-se no espelho e amou o que viu. Nos instantes em que esqueceu o olhar julgador da mãe, conseguiu se admirar consigo mesma. Foram anos até enxergar a beleza no marrom da sua pele, nos pequenos cachos que se embolavam na cabeça, nas curvas que pareciam exageradas demais. Foram anos até construir um pouco de autoestima, até enxergar que havia algo de bom dentro e fora de si. Ainda era uma autoconfiança frágil, que se esvaía ao menor confronto e evaporava quando a vida apertava, mas era alguma coisa, e isso era motivo de se orgulhar. Imaginou-se com a barriga imensa e sonhou com os contornos que o corpo ganharia. Foi a imagem de uma Rita do futuro, plena e feliz, que ajudou a Rita do presente a escolher a roupa e o penteado de que gostava. "Eu não me importo com o que ela vai pensar", disse, em voz alta. "A gente não se importa", acrescentou, acariciando o ventre, lembrando que já não estava sozinha.

• • •

O relógio tocou às cinco da manhã, mas Marília já estava de pé. Tinha a estranha mania de se levantar antes do despertador, sempre que havia um compromisso nas primeiras horas da manhã. Acordava várias vezes durante a noite, conferia o celular, cochilava por mais alguns minutos. Não conseguia confiar completamente que o aparelho a tiraria do sono no momento correto.

Na verdade, não conseguia delegar nada que fosse importante. E se o celular descarregasse durante a madrugada ou, por um motivo inexplicável, simplesmente não funcionasse? Precisava garantir que ele cumpriria a sua função, mesmo que isso custasse uma noite tranquila. Saiu da cama em silêncio. Não queria acordar Sérgio, que dormia tranquilamente, aconchegado nos lençóis caros de algodão de incontáveis fios.

Pôs o maiô azul-marinho e um vestido longo, pegou a bolsa preparada na noite anterior e entrou no elevador, rumo à piscina olímpica na cobertura do prédio. O principal motivo para comprar o apartamento havia sido a possibilidade de nadar diariamente, de começar o dia entregando para a água parte da tensão que carregava nos ombros. Como sempre, não tinha ninguém na piscina. Apertou as tranças na touca de silicone e pulou na água morna, num mergulho perfeito. As braçadas davam mostras de raiva, intensidade e força. Por uma hora, deixou que braços e pernas funcionassem instintivamente, esvaziando a cabeça, sem pensar no que precisava fazer ou ser. O silêncio se espalhava dentro dela, e era quase mágico estar imersa em um lugar que não tivesse o barulho constante de sua mente.

Voltou ao apartamento listando tudo o que precisava fazer. Era Natal e havia se comprometido a auxiliar a mãe nos preparativos para a ceia. Foram juntas ao supermercado uma semana antes, para garantir que encontrariam os melhores ingredientes. Agora, restava apenas retirar as encomendas feitas na padaria e no hortifrúti. Passariam o dia limpando, cozinhando, organizando a casa. Nunca gostou daquela data, considerava-a fúnebre e triste, cercada de um falso amor cristão. Era obrigada a participar de amigos secretos e confraternizar com pessoas de quem ela queria distância. Até mesmo a comida, que costuma agradar a todos, a ela causava estranhamento: um excesso de misturas e sabores que atrapalhavam o paladar. No fim das contas, do arroz ao peru, tudo tinha gosto de uva-passa e tempero industrializado. Mas o Natal sempre foi importante para a mãe, e ela se habituou a dar o melhor de si para que a data fosse perfeita. Este ano não seria diferente.

Gostava mesmo era do *réveillon*, da sensação de recomeço, dos fogos, shows e reuniões entre os amigos. Tanta gente vestida de branco fazia o mundo parecer menos desigual, por algumas horas. O corpo se enchia de energia e esperança, e a vida ficava mais fácil de ser vivida. Mais um ano vencido, mais uma chance de fazer diferente, melhor. As coisas não mudariam pela simples troca de números no calendário, mas o ânimo e a fé não obedecem a argumentos racionais, e a mudança de 31/12 para 1º/1 renovava o vigor. O Natal era mais uma das obrigações até a chegada de uma data melhor, como as últimas horas de expediente em uma sexta-feira antes do feriadão.

Tomou um banho demorado, tentando prolongar o relaxamento que apenas a água era capaz de causar. Pôs uma bermuda de linho goiaba, camiseta branca e tênis e se preparou para sair, sem se demorar conferindo a roupa no espelho. Apesar do tédio que o Natal causava, nada tiraria a alegria da boa fase que estava vivendo. O emprego novo tinha um plano de carreira promissor, ela se relacionava bem com a maioria dos colegas e, após quase quatro anos de casamento, planejava a chegada de um filho. Um, e apenas um, não daria a ele o fardo de ter irmãos, não o obrigaria a dividir o quarto, a atenção, os brinquedos e a história com ninguém. Não daria a si mesma o peso de pensar na divisão justa do amor. Seu afeto não era um bolo que podia ser dividido em fatias iguais, e ela sabia, na pele, a dor de receber a menor fatia, quase sem cobertura e levemente queimada por estar na borda. Se não podia lotear o coração em metros quadrados exatamente iguais, teria só um filho, e a ele daria a fatia do centro, a mais macia e úmida, com cobertura e recheio generosos. Daria a ele a certeza e a calma de quem sabe que há amor suficiente para uma vida inteira.

— Você já vai sair? Marília, são sete da manhã. Véspera de Natal...

— Eu sei, e vou sair exatamente por isso. Pedi que separassem algumas frutas para enfeitar a mesa e preciso passar cedo pra garantir que não vão vender.

— Ninguém come as frutas que ficam na mesa.

— Eu falei "para enfeitar". Não ouviu?

— Calma aí. Não falei nada demais, pedi pra você ficar, só isso. A gente trabalha muito, quase não ficamos juntos durante a semana. Queria ficar de preguiça na cama. Não precisa falar assim comigo!

Marília respirou fundo, segurando a irritação. Odiava ser cobrada, principalmente quando o pagamento deveria vir em carinho e afeto. Ela era eficiente quando a demanda podia ser medida, calculada e colocada em uma planilha no Excel. Atenção e amor eram pedidos abstratos demais, não traziam resultados mensuráveis e a deixavam perdida nas angústias que sentia desde criança. Ela era excelente em ajudar, em cuidar das coisas, em resolver os problemas de quem amava. Isso também era amor e atenção, por que ele não conseguia entender? Frequentava o mercado duas quadras mais longe do apartamento porque era o único em que encontrava a granola preferida dele, conferia se as camisas Tommy Hilfiger estavam sendo bem lavadas e passadas na lavanderia, sem manchas no punho e no colarinho, tinha anotado o aniversário de todos os amigos e familiares dele e, diversas vezes, era ela quem escolhia e comprava os presentes. Isso era amor, e valia mais que declarações melosas constantes. Não viviam em uma comédia romântica, isto era a vida real.

— Desculpe se não vivo pra você!

— Não foi isso que eu disse, para de distorcer as minhas palavras...

— Não estou distorcendo nada! Você sabe que a minha mãe precisa de mim, que sou a única que ajuda nos preparativos do Natal e mesmo assim está cobrando que eu fique aqui com você! Então, meu querido marido, me perdoe se tenho mãe e família, e não nasci de uma chocadeira.

— É impressionante como a gente não consegue conversar. Você vive inflamada!

— Vai me chamar de louca também?

— Amor, eu não quero brigar... só queria ficar um pouco mais com você.

— Claro, a gente fica o dia todo na cama, transando e vendo TV, e a casa vai se organizar sozinha, a geladeira e a despensa vão ficar cheias sozinhas, a porra da ceia de Natal vai ficar pronta sozinha! É muito fácil ser o fofo romântico quando não precisa se preocupar com absolutamente nada!

Marília tremia de raiva. A facilidade com que Sérgio pedia presença a irritava profundamente. Ela estava acostumada com ausências, desejar atenção e não receber. Tinha se habituado ao distanciamento emocional, e já não via razão para brigar com a própria natureza. Ela não tinha essa amorosidade para ofertar, ele já devia saber. Talvez, se ele assumisse parte do que pesava sobre os ombros dela, ela conseguiria, quem sabe, ser mais leve e entregue na relação.

— Não quero brigar com você, já disse. A gente poderia ter encomendado o jantar inteiro, e você sabe disso.

— E você sabe que a minha mãe gosta de preparar a ceia dela.

— E você não tem que fazer tudo que a sua mãe quer! Caramba! Você tem mais dois irmãos, Marília! Dois! Por que você tem que fazer tudo?

— Porque eles são inúteis, porque meu pai é inútil. Eu não tenho que te explicar como a minha família funciona, Sérgio. Que inferno!

— Quer saber? Vai. Já vi que a gente não vai conseguir conversar.

— Ah, que ótimo que recebi a sua permissão, senhor meu marido.

A última frase saiu enquanto colocava em uma mala de mão as roupas e o sapato que usaria à noite. A ideia inicial era voltar para casa quando tudo estivesse pronto, tomar um banho revigorante, se vestir com calma, se maquiar com tempo. Mas não sabia como estaria o clima no apartamento ao retornar, e não queria pagar para ver. Seria mais fácil voltarem juntos após o jantar, fazerem sexo de reconciliação e dormirem como se nada tivesse acontecido. As coisas se ajeitariam, como sempre acontecia entre eles.

— A gente se vê mais tarde...

— Ok. Até.

Desceu o elevador com um nó na garganta. Amava Sérgio, nunca antes tinha permitido que alguém a visse tão de perto. Ele deveria saber: questionar sua relação com a mãe era um limite que não podia ser ultrapassado. Ele tinha que apoiar, não cobrar. Ela estava cansada de ser responsável por tantas coisas. Por uns instantes, vislumbrou uma vida mais leve. O que mudaria em sua realidade se conseguisse pensar apenas em si um pouco? O que teria acontecido se tivesse sido mais cuidada em vez de ter cuidado tanto dos outros? E se os Natais tivessem sido perfeitos como nos filmes que passavam na *Sessão da Tarde*? Ela se recriminou pelo pensamento bobo e infantil. De nada adiantaria pensar em uma realidade que não existe. Aquela era a vida real.

Pôs a pequena mala no carro, junto dos presentes, e telefonou para a mãe, para descrever o itinerário. Assim que ligou o carro, o CD com as músicas preferidas começou a tocar, e a voz de Aretha Franklin invadiu a alma. *"My darling, believe me, for me there is no one but you.*

Please love me too", cantou, gritando, batendo no volante como quem toca bateria, deixando que toda a espontaneidade reprimida transbordasse com a canção. Em algum momento do dia, ligaria para Sérgio, mas isso ficaria para depois. Agora precisava chegar no hortifrúti a tempo de escolher as uvas e os morangos mais bonitos.

• • •

O sol ardia na pele, mas a brisa do mar amenizava o incômodo. Um dia bonito como aquele não podia ser desperdiçado em casa, precisava ser vivido na praia, em boa companhia, com uma cerveja gelada. Os amigos chegavam aos poucos e se espalhavam na areia em cadeiras, toalhas e futebol. "A vida é boa", pensou, lembrando que, além de um bom emprego e de amigos verdadeiros, na noite anterior havia conhecido a mulher mais incrível que já cruzara seu caminho.

Aline era amiga de uma colega de trabalho e chegou na festa roubando toda a atenção que ele era capaz de dedicar a algo ou alguém. Usava um vestido rodado amarelo, que deixava a pele marrom-avermelhada ainda mais bonita. Lucas ficou hipnotizado pelo batom vermelho-escuro que lembrava cor de ameixa madura. As argolas douradas na orelha se misturavam aos fios cacheados, soltos e cheios. Ela parecia a imagem de Oxum que ele tinha na sala de casa.

Aproximaram-se quando alguém falou de música e se isolaram durante o resto da noite. Discutiram política, citaram os melhores livros que leram nos últimos meses, compartilharam dicas de filmes. De repente, a festa inteira parecia um som ambiente, opaco e sem brilho, o fundo desfocado da imagem perfeita que era o encontro dos dois.

A inteligência e a sagacidade dela eram inebriantes, a atração entre os dois, incontestável. Não saberia dizer qual deles tomou a iniciativa do primeiro beijo, de repente estavam a caminho do apartamento dele, com tanto desejo que mal conseguiram chegar ao quarto. Se na conversa se entenderam perfeitamente, o que aconteceu na cama não poderia ser descrito por nenhuma palavra presente no dicionário. Os corpos se moviam como se se conhecessem há muito mais tempo que o encontro daquela noite. Estavam ensaiados, orquestrados, íntimos.

Passaram a noite em claro, oscilando entre sexo e conversa, e Lucas não conhecia forma melhor de viverem a madrugada. Acordou alguns minutos antes dela e ficou observando os traços perfeitos, a respiração tranquila, o sorriso que se formava involuntariamente enquanto ela dormia. Levantou-se com vontade de oferecer o melhor banquete do mundo, mas não tinha muito o que fazer com a geladeira quase vazia. A maior parte das refeições era feita fora de casa — morava sozinho há tempo suficiente para saber que a comida sempre estraga mais rápido que a sua capacidade de comê-la.

Ainda assim, decidiu preparar algo com o que tinha: cortou as poucas frutas que restavam, misturou uma lata de atum com maionese, abriu um pacote de torradas, perfumou a casa com o cheiro de café. Aline apareceu na cozinha oferecendo ajuda, e o rosto iluminado pelo sol que entrava na janela a deixava ainda mais bonita que na noite anterior. Como era possível? Despediram-se pela manhã, mas a vontade era de permanecerem na cama por todo o dia. Naquele instante, olhando o mar, agradecia à rainha das águas por aquele encontro, o seu presente de Natal. O melhor e mais incrível deles.

— Acabou de se despedir da mulher e já vai mandar mensagem? Tá apaixonado, cara?

A voz de um dos amigos interrompeu o fluxo dos seus pensamentos. Sim, ele queria enviar mensagem, queria convidá-la para a viagem de *réveillon*, queria faltar à ceia em família para jantar com ela.

— Claro que não. Não posso mais mexer no celular?

— Sei...

— Vou deixar rolar, a gente não precisa dar nome às coisas agora.

— Você vive namorando, sai de um namoro longo pra outro, achei que finalmente ia aprender a curtir a vida de solteiro!

Odiava quando sua vida amorosa era o tema das conversas. Sim, ele costumava estar em relacionamentos longos, gostava de ter alguém com quem conversar, gostava de passar os sábados e domingos acompanhado. A solidão era deprimente, excessivamente angustiante. Além do mais, não era responsável pelos encontros que aconteciam em sua vida. Não saía de casa procurando uma namorada, os relacionamentos surgiam, os encontros aconteciam e, de repente, o status do Facebook era alterado por ambos. Os amigos se orgulhavam da própria indisponibilidade emocional, mas Lucas não via motivo de prestígio na incapacidade de estabelecer contato real. Tinha vontade de ser visto com afeto, de construir uma relação de confiança e entrega com alguém. Casar, ter filhos e uma família feliz. Suas vontades eram incompatíveis com a forma de relacionamento que os amigos apregoavam.

O sol descendo no céu trouxe a lembrança de que havia prometido à mãe ajudá-la com as compras de Natal. O dia passou entre gargalhadas e mergulhos, sem que Lucas se desse conta. Alguns minutos depois, estava de chinelo sujo de areia na varanda da casa perfeitamente limpa. A porta se abriu, e uma Marília ainda mais irritada que o comum o recebeu com ar de desprezo.

— É sério que você estava na praia e não teve a decência de tomar um banho antes de vir aqui?

— Eu queria saber se vocês estavam precisando de ajuda, não tive a intenção de atrapalhar, não precisa ficar tão brava.

Lucas não entendia a reação desmedida. Ele saiu da praia para ajudar a irmã e a mãe, e Marília não conseguia reconhecer a importância do seu gesto? Para ele, a boa intenção deveria ser considerada; para ela, de nada valia um coração cheio de boas intenções se os gestos magoavam, feriam, desrespeitavam. De nada valia a vontade de acertar se os pés de areia pisavam o chão que havia sido limpo por elas poucas horas antes. Ele tirou os chinelos, lavou os pés na torneira do jardim.

— Entra, meu filho, bobagem, não tem problema, a casa nem está tão limpa assim — disse a mãe, com um sorriso que Marília ainda não tinha visto até o momento, apesar de sua disponibilidade para ela durante todo o dia.

— Precisa de alguma coisa, mãe? Quer que eu faça algo?

— A essa hora? Muito obrigada pela sua ajuda, já resolvi tudo! — interrompeu Marília, tentando evitar a resposta mentirosa da mãe, que relevava as falhas do filho perfeito e a magoava profundamente.

— Por que não me ligou? Eu tava aqui perto, era só pedir.

— Ah, faça-me o favor! — falou Marília, entrando na casa e batendo a porta.

— Mãe, nem vou entrar. Só queria saber se estava tudo bem e se a senhora precisava de mim. Vou pra casa tomar banho e volto daqui a pouco, tá?

— Não precisa ter pressa, já está quase tudo pronto. Importante é ter você aqui.

Entrou no carro e saiu sem sequer colocar o cinto de segurança. Queria sair dali o mais rápido possível. Marília parecia odiá-lo, não importava como ou o que dissesse. Todos os seus esforços eram desconsiderados, e nada fazia com que passasse pelos critérios enrijecidos da irmã. Ele sabia que a mãe o tratava de forma diferente, mas aquela era uma dinâmica que ele não tinha como mudar. Não era justo que lhe dessem a conta de um débito que não criou. Sentiu vontade de não voltar para o jantar, de chegar em casa, ligar a TV e esquecer que era Natal. Estacionou na garagem do edifício de poucos andares, pegou o celular e digitou, buscando um alívio para o coração:

"Oi! É cedo demais pra dizer que estou com saudades? Beijo, Lucas."

Agora, a angústia tinha um destino menos dolorido. Agora, toda a sua ansiedade estava em aguardar uma resposta. E aquilo era mais tolerável que aquilo que doía há tanto tempo.

• • •

Aquele Natal mudaria a vida de todos, mas nenhum deles sabia disso. Rita romperia com a família em algumas horas, Marília descobriria que estava grávida em um ano e se separaria de Sérgio em oito. Lucas se casaria com Aline em dois anos, e por mais quatro tentariam um filho que nunca viria. A mãe morreria em pouco mais de dez anos, com uma doença repentina e surpreendente como a própria vida. Aquele seria o último Natal em que todos estavam juntos. O que aconteceria se a vida, generosamente, nos desse pequenas dicas sobre o que nos espera no futuro? O que mudaria se todos soubessem que nada permaneceria igual? Aproveitariam um pouco mais a companhia, os olhares, os toques, os instantes?

Talvez Rita se despedisse da casa com calma. Entraria no antigo quarto, alisaria o lençol combinando com a cama ao lado, pegaria no colo a boneca de pano amarelada que hoje é um mero enfeite na estante, choraria por alguns instantes o passado, o presente e o futuro. Olharia para o quintal que sempre pareceu tão grande e notaria que as proporções mudaram de acordo com sua perspectiva. Talvez confessasse à Marília que sempre admirou sua beleza e que, durante a madrugada, quando tinha pesadelos assustadores, abrir os olhos e avistar a irmã ao lado a acalmava. Diria a Lucas que o amava, mesmo que a distância fosse necessária. Abraçaria forte o irmão e pediria que se posicionasse mais. Ela se ajoelharia próximo ao pai e, com respeito e carinho, diria pela última vez "A bênção, meu pai", e as mãos firmes de Benedito acariciariam seus cabelos fartos, "Deus te abençoe, minha filha". Para a mãe, diria que tentou insistentemente, e por toda a vida. Era chegado o momento de desistir. Antes de sair, se demoraria na porta da casa, gravando na memória os detalhes da fachada, chorando a despedida com o coração tranquilo. Não voltaria atrás no rompimento, não suportaria mais dor que a sentida por todos esses anos. Mas faria da ruptura um ritual de despedida, amadurecido, pensado, elaborado. Assim, evitaria viver a exaustão de culpar a própria impulsividade pela decisão menos impulsiva da sua vida, aquela que demorou toda a existência para pôr em prática.

Mas a vida não nos dá o tempo de que precisamos. Rita, por um longo período, amargou a certeza de que, se fosse menos afobada, as coisas teriam sido diferentes. Ela e Lucas não se despediram. Não conversaram sobre a passividade dele frente a questões importantes nem sobre os detalhes do encontro com Aline. Ela nunca contou para Marília o quanto a admirava, e foi embora sem a bênção de quem quer que fosse. Aprendeu a viver abençoando a si mesma, e descobriu, depois de anos, que isso bastava. Para a mãe, ficaram os gritos. Para ela, em troca, o olhar de desprezo e rejeição. Nem mais nem menos. Não houve ritual de despedida, mas um corte forte e impiedoso, que a fez sangrar por anos seguidos.

Como é construído o fim? Quantos gestos e falas dolorosas são necessários para que o copo encha até transbordar? Quanta dor pode ser suportada até que surja a vontade de espatifar o copo na parede? Naturalizada, a dor era parte tão antiga da vida de Rita que ela não sabia ser possível reagir a ela. Mas, naquela noite, algo mudou. Talvez tenha sido a mão carinhosa de Iuri segurando a sua. O rebento que levava no ventre. A expectativa de construir para si a família que fizesse com que sentisse pertencimento. Talvez tenha sido a junção de todas as alternativas e de tantas outras que só seriam vistas, escutadas e elaboradas nos anos seguintes.

• • •

Rita entrou com Iuri. Ela levava o *cheesecake*, ele, uma garrafa de vinho chileno. Sorria, mesmo com o coração apertado. Lucas estava sentado no sofá, conversando com Sérgio e, ao avistar a irmã, levantou-se para um abraço. Estava leve e feliz, e Rita sempre sentia um pouco de inveja daquele seu modo de estar.

No canto da sala, a árvore de Natal piscava, a mesma que tinham havia muitos anos, que foi montada e remontada pela mãe sob o olhar ansioso dos filhos. Nenhum enfeite era colocado por eles, porque não fariam do jeito certo. A mágica estava, então, em aguardar o momento de acender as luzinhas coloridas que se enrolavam por quase dois metros de altura.

As grandes janelas estavam abertas, e a lua roubava a cena no céu. No *rack* de madeira, as fotos nos porta-retratos faziam a família parecer mais feliz do que realmente era. Uma foto dos três irmãos abraçados, sentados lado a lado, sorrindo. Em instantes raros da infância conseguiram se divertir juntos. Eram apenas crianças, apostando quem chegava primeiro na goiabeira do fundo de casa.

Ao lado da foto dos três, a mãe e o pai jovens sorriam no dia do casamento. A mãe tinha o rosto iluminado e um sorriso aberto, como Rita nunca viu, que exibia os dentes brancos e perfeitos. O pai parecia apaixonado, e o casal se tocava com um carinho que provavelmente existiu apenas na época em que não eram pai e mãe. Até onde Rita era capaz de lembrar, os pais não trocavam abraços amorosos tampouco toques gentis. Não testemunhara mãos dadas em passeios na beira da praia, olhares cúmplices e chamegos no sofá. Ela cresceu assistindo à frieza das relações que respiram por aparelhos, com palavras trocadas apenas para resolver questões práticas e lábios que se aproximavam unicamente em poses para fotos. Como seria a vida se tivesse sido educada pelas pessoas felizes da foto?

Não podia afirmar que não houve amor na própria história, mas a indiferença e a dor eram tamanhas que os momentos de afeição foram soterrados. Quando criança, queria guardar para sempre dentro de si os momentos que passavam no tapete da sala, montando cidades com o pai e os irmãos. A alegria de dar nomes aos prédios e estacionar carrinhos de brinquedo seria suficiente para manter inteiro seu coração. Desejava que a mulher que escutava e cantava música dirigindo pela cidade fosse a mesma que cuidava dela nos outros momentos do dia. Nos únicos momentos em que tinha lampejos daquelas pessoas do porta-retratos, elas não estavam juntas.

Mais algumas fotos se espalhavam pelo móvel: ela e os irmãos de beca, cada um em sua moldura, e uma foto da família abraçada, todos sorrindo na formatura de Lucas. Alguns minutos antes da foto, o pai havia tirado a gravata, a mãe brigara pela falta de respeito ao momento importante do filho. Rita defendera o pai, Marília, a mãe, porque, claro, era uma tremenda falta de noção retirar a gravata em um momento como aquele. Lucas pediu que os ânimos se acalmassem, porque o fotógrafo chegaria em cinco minutos e ele queria uma foto da família feliz. Cinco sorrisos falsos foram eternizados pelo fotógrafo, que desejava que aquilo acabasse rápido, tanto quanto eles.

A voz de Marília e da mãe se misturavam na cozinha, e Rita percebeu que precisava guardar a sobremesa na geladeira. Isso significava entrar no ambiente enquanto as duas conversavam daquele jeito cúmplice e íntimo que sempre a fez se sentir excluída. Ao entrar, ninguém se levantou para cumprimentá-la, apenas encaminharam a conversa para o fim.

— Onde posso colocar o doce, mãe?

— Eu falei que não precisava fazer sobremesa, a sua irmã encomendou uma maravilhosa com uma *chef* de cozinha amiga dela. Estou louca pra provar.

— Eu sei, mas queria que vocês provassem essa receita que eu aprendi, é muito boa — a voz saiu embargada, embolada na vergonha e na raiva. A mãe podia apenas agradecer, ver o quanto o doce estava bonito, elogiar o esforço da filha. Podia apenas apontar a porcaria do espaço na geladeira, em vez de soltar uma alfinetada completamente desnecessária.

— É, dá pra perceber que você tem comido bastante dela. Cuidado, homem não gosta de mulher que se descuida. Encontrar alguém que dê conta do seu gênio com a paciência de Iuri não vai ser nada fácil, melhor você tomar cuidado e segurar esse aí.

Agora a noite tinha, oficialmente, começado. Seria estranho se não acontecesse um ataque ao seu caráter, à sua personalidade ou à sua aparência nos primeiros minutos de encontro. As táticas ofensivas da mãe estavam se aprimorando. Ela conseguiu atacar a aparência e a personalidade em uma tacada só e ainda camuflou de cuidado a ofensa.

A quem a mãe queria enganar? Desde quando estava preocupada com o relacionamento da filha? Nunca se importou em perguntar como estavam, em oferecer sua escuta ou seus conselhos. Rita não sabia, mas a mãe não pensava em ser boa ou má quando falava com ela. Não refletia sobre o que estava por trás das suas palavras, não pensava no que queria que a filha sentisse ao escutá-las. Simplesmente falava, como se o que dissesse fosse inofensivo e incapaz de machucar. Se alguém lhe perguntasse as suas motivações, mentiria para si mesma, dizendo que era o cuidado e a preocupação com o futuro da filha. Não enxergaria nenhuma relação com a própria amargura.

Por muito tempo, Rita acreditou que ninguém suportaria seu gênio difícil e suas características terríveis. Aceitou migalhas de amor, confundiu ciúme com cuidado, gritos com preocupação, controle com proteção. Ela se diminuiu para caber em definições deturpadas de afeto que vinha de qualquer um que se dispusesse a lhe dar alguma atenção. Os pequenos tijolos de autoestima que finalmente estava conseguindo empilhar um sobre o outro eram derrubados pelas marretadas violentas da mãe cada vez que pisava naquela casa. O que poderia responder depois de escutar aquilo? Qualquer coisa que falasse soaria como um desrespeito ao cuidado legítimo da mãe e a encaixaria na louca problemática de sempre. O pensamento *Por que ela não morre e eu me livro de vez disso?*, que surgiu pela primeira vez aos sete anos, retornava agora. Pôs para correr a heresia que ele representava.

— Se Sérgio suporta Marília, não vai ser difícil Iuri me suportar, pode ficar tranquila.

— Ei, me tira dessa conversa, não tenho nada a ver com isso! — Marília se levantou e saiu.

— Ninguém pode falar nada que você se ofende. Pra que atacar a sua irmã? — A mãe saiu da cozinha, deixando Rita sozinha com o doce na mão, contando os instantes para encerrar a noite e voltar para a segurança do seu apartamento.

Abriu espaço na geladeira, guardou a sobremesa e passou um tempo sentada à mesa da cozinha, tomando fôlego para voltar. Na sala, Lucas, Iuri e Sérgio discutiam animados sobre a Liga dos Campeões e os times cujos nomes ela sequer conseguia decorar. O pai assistia à tv. Marília e a mãe transferiram para o quarto o papo da cozinha, aumentando a convicção de que não a queriam por perto. Rita se aproximou do pai, fez um carinho nos cabelos que embranqueciam e contrastavam com a pele cor de chocolate.

— Você está bonita, pequena. Esse vestido ficou lindo em você.

— Obrigada, pai. Não foi o que a sua esposa me disse.

— Não sei por que você se importa com o que a sua mãe fala. Ela fala desse jeito, mas no fundo te ama e quer o seu bem.

— Queria que ela me amasse e quisesse o meu bem no raso também… — falou em tom de piada, mas queria ter dito a sério.

Sentou-se ao lado do pai, encostou a cabeça no ombro dele e fechou os olhos, lembrando-se das várias vezes em que cochilou no sofá e foi carregada no colo até a cama. Quantas vezes fingiu estar dormindo para receber aquele carinho, quantas vezes o pai fingiu acreditar no cochilo enquanto sentia o cheiro doce da pele da menina.

— Sua mãe não tem jeito, não adianta você se estressar. Mas me conta, como está o consultório? Está gostando de atender crianças mesmo?

Seguiram falando do consultório recém-aberto em sociedade com uma amiga, de como a odontopediatria era a melhor profissão do mundo, das crianças que chegavam assustadas e saíam sorrindo com as brincadeiras dela. Mostrou fotos dos novos jalecos coloridos e das meias de bichinhos e listras, que eram seu uniforme de trabalho. A alegria transbordava de forma quase palpável.

— No meu tempo, criança não precisava que os dentistas se vestissem de palhaço. Uma profissão tão bonita e séria! Quem paga são os pais, é a eles que você tem que agradar, não a pirralhos mimados — a voz da mãe surgiu inesperadamente, emitindo uma opinião que não fora solicitada.

Quantos nós na garganta ela teria de engolir até o final da noite?

— Eu gosto de ser uma dentista palhaça. Por sinal, estou realmente cogitando fazer um curso de palhaçaria, acho que vai ajudar bastante com as crianças. Pode ser surpreendente, mas alguns pais ficam felizes em ver os filhos felizes, sabia?

— Quando você for mãe, a gente conversa.

As palavras soavam como uma condenação, uma sentença de que toda mãe deveria ser amarga e sofrida como ela, uma praga rogada à filha. Instintivamente, Rita alisou a barriga, sentindo o corpo gelar. Naquele instante, mudou de ideia sobre partilhar a gravidez com os pais. Ligaria para Lucas no dia seguinte e contaria apenas para ele. Ao final do primeiro trimestre, quando o risco de abortos espontâneos diminuísse, em um dos torturantes almoços de domingo, partilharia a notícia com o resto da família. Definitivamente, aquele não era o momento.

— Vamos jantar? A ceia está pronta!

A mesa farta foi montada rapidamente. Os petiscos foram retirados e substituídos pelas bandejas e tigelas de risoto, salpicão, farofa, saladas e quiches. O grande peru foi posicionado ao centro, rodeado pelos mais diversos pratos. A quantidade de comida era incompatível com o número de pessoas presentes, e certamente seria o almoço da semana. A porcelana importada, usada apenas em ocasiões especiais, combinava com a toalha branca rendada, comprada em uma viagem dos pais ao Marrocos. As taças de cristal foram organizadas com cuidado.

Toda a delicadeza daquela mesa intimidava Rita. Se alguém lhe pedisse para descrever a si mesma, certamente *delicadeza* não seria uma das qualidades citadas. Não havia em seu apartamento um único conjunto de pratos ou copos que estivesse completo. Havia sempre uma peça quebrada durante a lavagem ou que ela simplesmente bateu na quina da mesa enquanto, empolgada, gesticulava. A certeza da importância de cada uma das taças, da toalha e da louça causava uma angústia muito grande. Sentia vontade de se servir em um dos pratos de vidro usados no dia a dia e comer na cozinha, longe da toalha insubstituível.

Como se tivesse a capacidade de ler mentes, como Rita sempre acreditou, a mãe interrompeu os pensamentos da filha com um aviso ameaçador:

— Cuidado enquanto estiver na mesa, Rita, quero que a minha toalha permaneça tão branca quanto está agora. Consegui mantê-la a salvo de você por todos esses anos, não me faça me arrepender de usá-la hoje.

Por mais que soubesse que era um ímã de pequenos desastres domésticos, escutar aquele aviso, naquele tom, na frente de todos na mesa, era bastante humilhante. Nenhuma das vezes em que derramou algo na mesa, sujou o chão ou a própria roupa foi por falta de cuidado. Era cuidadosa com as coisas e, principalmente, com as pessoas, coisa que a mãe nunca conseguiu ser. Ainda assim, mais uma vez, fingiu não perceber a ofensa das palavras e o quanto latejavam na alma.

— Não sou mais criança, mãe. Sei usar garfo e faca, não se preocupe.

— Como se fosse possível não me preocupar com você por perto.

Sentados ao redor da mesa, todos comiam e conversavam frivolidades. Falavam sobre o calor, os projetos de trabalho, a possibilidade de Lucas se tornar o novo diretor de criação da agência, a presteza do novo funcionário do escritório de engenharia do pai e em como a chegada dele trazia a esperança de, em poucos anos, se aposentar. Quando Marília comentou sobre o trabalho e o plano de carreira promissor, a mãe não perdeu a oportunidade de provocar:

— Executiva! Acho linda uma mulher bem arrumada, de terninho e salto alto. Isso que é jeito certo de trabalhar, não de roupa colorida e meia de bichinhos.

Por que ela comparava tanto as filhas? Qual a utilidade daquela fala? Esperava que Rita atendesse as crianças de salto 15 da Prada e *tailleur* Armani? Ou achava que a comparação ofensiva a faria abandonar a carreira que tanto amava para iniciar uma nova faculdade e ser infeliz, mas linda aos olhos da mãe? Estava ficando cada vez mais difícil engolir as pequenas afrontas, os olhares de desprezo. Sem forças para responder, fingiu não perceber a indireta.

Se tivesse que descrever os acontecimentos que se sucederam, não saberia por onde começar. Não sabia explicar como encostou a mão na taça de Iuri e derramou vinho na toalha, não sabia dizer como a taça bateu no prato e se quebrou, não sem tirar uma pequena lasca da porcelana chique. Ela estava sendo dez vezes mais cuidadosa que o habitual, quase tão comedida em seus gestos que os movimentos estavam travados e duros. Falava pouco para gesticular pouco, não repôs a comida no prato para não ter que se mexer demais, não passou nenhuma tigela para ninguém. Como aquilo podia acontecer assim? Não sabia que o corpo pode ser rebelde quando as palavras e pensamentos não conseguem ser.

— Eu não acredito, Riiiiita — aquele "i", esticado, irritante, enlouquecedor, saiu entre os dentes da mãe, trazendo memórias de toda uma vida.

— Eu não tive a intenção, foi sem querer, vou pegar um pano pra enxugar. Desculpa, mãe, desculpa mesmo.

Falou levantando-se, pensando em muitas coisas ao mesmo tempo, mas tão nervosa que pernas e braços não respondiam ao chamado urgente do cérebro.

— Fique aí, sentada! Você vai fazer merda novamente, você só faz merda! — falou a mãe, gritando sem gritar, ofendendo com o mesmo tom de voz e naturalidade que utiliza para dar bom-dia ou pedir uma informação na rua.

Rita tinha feito uma criança, um bebê crescia no seu ventre. Naquele instante, formava olhos, pés, boca, nariz, pulmões, rins, coração, e nada daquilo era uma merda. Estava fazendo uma vida, e aquela vida não era uma merda. As lágrimas rolaram e, como uma criança magoada, Rita só conseguiu responder que não fazia apenas merda.

— Ah, não acredito que agora você vai chorar! Quem deveria estar chorando era eu, que acabei de perder, ao mesmo tempo, uma porcelana Cacharel e a toalha comprada no Marrocos! Pior, tive que te educar e só ver crescer a lista de prejuízos que você já me deu. Me poupe das suas lágrimas!

A mão de Iuri tocou Rita com carinho, ela sentiu o amor dele se expandido, preenchendo-a inteiramente.

— Eu não me importo... — a frase saiu da boca de Rita como quem não quer nada, sem qualquer reflexão ou intenção.

Falou como quem pensa em voz alta. Tentou pegar cada letra e pôr para dentro de novo, mas ela estava cheia demais e já não havia espaço para engolir um ponto, um til, um "a" sequer. Ela precisava colocar para fora e deixar que as palavras ditas sem querer pudessem puxar outras, e que todas saíssem em jorro, derramadas pela sala, preenchendo a casa, desafogando a alma. Ela estava fazendo pés, mãos, pulmões e rins, e não faria esforço para mais nada.

— Eu não me importo! — repetiu, dessa vez mais alto, olhando nos olhos da mãe, escutando o som de cada letra, percebendo que havia, naquele instante, muito com o que se importar.

Havia tanta vida dentro dela que as opiniões da mãe foram expulsas, porque nela só cabia o amor, a coragem e a força necessários para fazer pés, mãos, pulmões, olhos, rins e coração.

— Eu não me importo! Eu não me importo! Eu não me importo! — repetia cada vez mais alto, gritando, rindo e chorando, como quem vive um transe libertador.

À medida que falava, se dava conta de que podia falar. Quanto mais afirmava que não se importava, mais percebia que podia não dar a mínima, e um mundo de possibilidades se abria. Ela só queria gritar que não se importava, que dentro dela havia amor e força crescendo. Agora gargalhava, como uma bruxa, uma louca, e se dava conta de que estava cansada de se importar. Agora não se importava mais.

A mãe assistia à cena sem esboçar qualquer reação. A atitude da filha era tão chocante e inesperada que ela não conseguia reagir. Observava Rita com os olhos arregalados, sem acreditar no que estava acontecendo.

— Eu cansei de me importar com o que você diz ou pensa. Nunca fui boa pra você, nunca serei boa pra você, não importa o que eu faça. Eu podia sair daqui e deixar a porra da sua toalha chique tão limpa quanto quando eu cheguei e eu continuaria sendo a Rita, a filha que só te cansa, que só te dá trabalho e desgosto. Você nunca conseguiu gostar de mim, mãe, e eu cansei de esperar por esse maldito dia. Eu cansei! Não quero saber mais da sua opinião, do que você pensa ou não a meu respeito. Você nunca suportou a minha felicidade, nunca suportou ver alguém que ama a vida como eu. Você nunca suportou ver que eu não vivo pra você como a Marília, você nunca suportou saber que eu tenho vontades, que eu tenho uma vida independente de você. Eu cansei das suas humilhações, das suas indiretas, das suas comparações, da sua mesquinhez, da sua falta de cuidado com o que fala. Eu cansei do seu egoísmo! Você é amarga, dona Maria Lúcia, amaaaaaarga. E eu não vou mais deixar a sua infelicidade me contaminar. Chegaaaa, chegaaaaaaaa!

A mãe seguia impassível. Direcionava para Rita o olhar de desprezo que ela conhecia muito bem.

— Rita, chega! Se acalme, você não pode falar assim com ela, você está descontrolada! — intercedeu Marília a favor da mãe, atribuindo à irmã a culpa pela explosão, igualando os gritos que dava com as ofensas que recebia.

— Claro, Marília, a culpa é sempre minha! Eu estou sendo grossa com ela? Onde vocês estavam quando ela era grossa comigo? Quer que eu liste as inúmeras ofensas desta noite? Quer que eu liste os insultos que escutei a porra da minha vida inteira? Onde vocês estavam quando ela me batia, me humilhava, quando fazia piada da minha aparência e das minhas capacidades?

Onde vocês estavam quando a minha autoestima era destruída dentro desta casa?

As palavras transbordavam enquanto ela olhava para os irmãos e pedia uma explicação pela inércia de toda uma vida. O olhar parou no pai, e a voz saiu embargada, com tanta mágoa que quase não era possível entender.

— Por que você nunca me defendeu, pai? Por que você deixou? Por que nunca interferiu, por que ficou calado enquanto ela descontava em mim as frustrações de uma vida inteira? Por que você foi tão covarde, pai, por quê? Você era adulto, você podia fazer alguma coisa, você é parte dessa merda toda...

— Pequena, não é bem assim... — respondeu o pai, sem querer responder. Falou porque já não dava para ficar calado, mas o que queria, de verdade, era se afastar e esperar a poeira baixar para aparecer novamente, oferecendo um lanche ou contando uma história engraçada. Mas não havia como ou para onde fugir, já não cabiam subterfúgios.

— E era como, pai? Me diz! Aliás, não me diz, não quero saber. Não quero saber os seus motivos, nem os do Lucas, nem os da Marília. Eu não quero mais saber, não vou mais tentar me encaixar, passei a vida tentando. Chega. A partir de hoje, podem esquecer que eu existo, todos vocês. Eu não aceito mais ser a parte que sobra desta família, já entendi que não sou parte dela. Vem, amor.

Segurou a mão de Iuri e, em passadas fortes e decididas, caminhou ao lado dele até a porta. Ouviu a mãe falar para Marília que era só mais um chilique. Lucas a seguiu até a varanda.

— Espera. Você sabe que a mãe é assim, não se estressa com essas coisas.

— O único jeito de não me estressar é me afastar. Eu sei que ela é assim. E eu não aceito mais conviver com ela desse jeito. Adeus, mano.

Fechou o portão, entrou no carro e pediu que Iuri a tirasse dali. Pararam na próxima esquina para que pudesse chorar no peito dele. Seria estranho contar que rompeu com a família por causa de uma porcelana chique e uma toalha marroquina. Seria estranho e mentiroso, porque não rompeu pelo que aconteceu naquela noite, nem mesmo pelo que viveu nos seus 25 anos. Rompeu pelo que queria viver, pela criança que crescia em seu ventre, pelo desejo de focar suas energias no que realmente importava. Rompeu porque família, agora, tinha um novo significado.

7. Tempo

As cortinas do quarto fechadas deixavam o ambiente escuro e abafado. Todos os objetos ao redor ficavam banhados de um cinza sem graça e sem vida, o que combinava com a mulher deitada na cama, chorando havia mais de duas horas. Na cabeceira, duas pequenas fitas azuis e brancas e um objeto semelhante a uma caneta mostravam que a vida não segue um roteiro. Nas fitas, duas linhas rosadas paralelas deveriam aparecer, trazendo boas notícias. Na caneta branca, o ícone de positivo indicaria que a fertilização deu certo, que um bebê estava a caminho e toda a angústia e a ansiedade que viviam nos últimos quatro anos finalmente teria chegado ao fim. Não tinha sido esse o pacote de vida adulta que Lucas havia comprado nem a opção de futuro escolhida. Era para ser mais fácil.

Ele era jovem, bonito e saudável e se apaixonou por uma mulher jovem, bonita e saudável. Deveriam fazer pequenas crianças tão bonitas e saudáveis quanto eles. O esperado, após quatro anos de casamento, é que estivessem discutindo uma vasectomia porque dois filhos eram o suficiente. Eles deveriam estar incomodados por terem que parar alguns segundos para colocar a camisinha, contendo o tesão que consumia os dois, em vez de, por mais de um ano, fazerem sexo com hora e dia marcados depois de uma sequência de ultrassonografias que aumentaria a chance de gravidez. Eles deveriam estar evitando os filhos, e não investindo uma fortuna financeira e emocional para conseguirem algo que qualquer pessoa pode fazer. As malditas linhas paralelas e as cruzes deveriam aparecer com tanta facilidade que vê-las seria motivo de pânico. O desafio tinha que ser evitá-las, isso era o natural, foi como aprendeu que funcionava. Por que as coisas não eram como deveriam ser?

Abraçou Aline na cama e ali ficaram, sofrendo juntos. Ela transbordou em choro, urros e dor. Ele fingia ser forte, enquanto as lágrimas o corroíam por dentro. Lucas dizia a si mesmo que Aline precisava que ele fosse firme, que sustentasse, como um herói, a dor que ela sentia. Não sabia que ela queria que ele chorasse para fora, de maneira que seu luto encontrasse companhia. Queria que berrassem juntos, que falassem sobre as frustrações causadas pelas tentativas dos últimos anos, que colocassem a dor na mesa e pudessem cuidar dela. Mas ele se fechava, e ela começava a acreditar que sua insistência era um capricho. Talvez as pessoas estivessem certas, os corpos incapazes de gerar uma criança eram um aviso divino de que não deveriam ser pais.

Não, ele não conseguia acreditar na teoria simplista de que a gravidez não acontecia porque esse era um desígnio divino. Quais intenções divinas faziam com que parricidas gerassem uma vida, mas não eles, cheios de amor e de disponibilidade emocional para cuidar? Não havia justiça, lógica ou justificativa plausível nessa história. Era uma piada de mau gosto, sadismo de um ser superior que lhes deu a vontade de procriar, mas nenhuma possibilidade de fazê-lo.

Para Lucas, a decisão de ter filhos era algo sempre egoísta. Por mais altruístas que parecessem os motivos, eles eram dos pais da criança e, portanto, autorreferentes. Ele queria filhos porque sonhava em ter uma criança para brincar e levar ao parque. Comprar presentes de Natal e de dia das crianças. Ouvir "papai" e "eu te amo". Acompanhar a apresentação na escola e brincar no tapete. Queria mais seres no mundo com os olhos amendoados de Aline. Queria ser a referência de carinho e segurança de alguém.

Aline queria o que dizem que toda mulher tem de desejar. Queria ser mãe, porque cresceu ouvindo que só saberia o que é o amor quando tivesse seu bebê nos braços. Queria se sentir completa, inteira, realizada, plena, e a completude viria na maternidade. As bonecas e os bebês habitavam seu quarto antes mesmo de ela ter nascido. Aos dois anos, já limpava bumbuns duros e dava tapinhas em costas duras, para o neném duro, de plástico, arrotar. Era treinada para a maternidade em cada brinquedo, propaganda de TV, livro e revista a que teve acesso durante a infância. A sementinha do "ser mãe" foi plantada na sua alma tão profundamente quanto a de "ter mãe". Como agora isso lhe era negado?

Tinha vontade de voltar no tempo e gritar com quem disse, de modo convicto, que um dia teria filhos. "Quando você crescer e tiver seus filhos...", "Quando você tiver filhos, qual vai ser o nome deles?", "Ah, quando você tiver os seus filhos, você vai saber". Por que a fizeram acreditar que a maternidade é algo tão natural, lógico e fácil quanto beber água e comer? Por que disseram que as grandes questões seriam o momento certo ou o nome, e não a possibilidade de ter um bebê em si? Deparar-se com o fato de que a certeza, dita e repetida tantas vezes ao longo da vida, era uma falácia dava à situação o amargo da derrota, a convicção da incompetência. Lucas e ela não eram doentes ou defeituosos, mas era assim que na maior parte do tempo se sentiam, sobretudo Aline.

Dois meses após o casamento, decidiram que não evitariam a gravidez. Deixariam nas mãos do destino a decisão sobre quando seriam pais. Não havia ansiedade sobre a chegada da criança. Após um ano, a estranheza começou a aparecer. Será que havia algo de errado com algum dos dois? Qual o tempo normal para uma gravidez acontecer? Seria possível determinar? Foi o que perguntaram para a ginecologista de sempre. Depois, para a especialista em reprodução humana — a primeira de muitas com quem se consultariam. Finalmente descobriram que a endometriose dela causava infertilidade e os espermatozoides dele tinham baixa motilidade.

Nada mais parecia natural. Cada alimento era pensado para aumentar a força dos espermatozoides ou curar milagrosamente a endometriose. O sexo era calculado, nas posições que aumentavam as chances de gravidez. Não ficavam abraçados depois, porque ela precisava permanecer de pernas para cima pelos minutos que o novo blog sobre fertilização orientava. E a cada mês, quando a primeira mancha vermelha sujava o papel higiênico, Aline perdia o brilho, se jogava na cama e chorava sem parar.

Seis meses de coito programado, uma inseminação, três fertilizações *in vitro* e nenhum bebê. Essa era a última tentativa, e eles haviam conversado sobre isso meses antes. Ambos chegaram ao limite da disponibilidade. Precisavam voltar a viajar, em vez de guardar cada centavo para os tratamentos. Precisavam voltar a dançar, a fazer sexo por prazer, do jeito que o desejo mandasse. Precisavam voltar a ser eles, e não apenas tentantes de algo. O choro de Aline agora era maior que todos os outros, porque os seios inchados e doloridos eram apenas um sinal de que a menstruação chegaria, derramando no copo coletor o sangue e o sonho da maternidade. Ela não seria mãe, mas uma mulher pela metade, para sempre. Passara da fase de ter raiva das amigas que engravidavam naturalmente. Já não se indignava com a vida e suas injustiças. Sentia tristeza. O luto a tomava por inteiro.

Lucas queria resolver todos os problemas deles. Buscava a saída perfeita para transformá-los novamente no casal apaixonado que se casou. Há quatro anos, eram inacreditavelmente felizes, de um jeito quase obsceno. A fome no mundo não havia acabado, pessoas morriam injustamente, perdiam seus entes queridos e se divorciavam, mas os dois eram felizes mesmo assim. Antes de o calvário começar, eles se entendiam com uma facilidade sem precedentes.

Dançavam na sala, cozinhavam juntos, viajavam para ficar trancados o final de semana inteiro em um quarto diferente. Eram amigos e compartilhavam os perrengues do trabalho e da família. Quando, mesmo após o pedido de desculpas da mãe, Rita se recusou a ir ao casamento deles, foi Aline quem consolou Lucas e o fez relembrar que, ainda assim, havia muitos motivos a celebrar. Desde o Natal, era apenas com ela que ele dividia a mágoa que sentia da irmã, a saudade e a vontade de retomar os laços. Somente Aline sabia que ele olhava as redes sociais do cunhado e salvava as fotos do sobrinho, acompanhando de longe seu crescimento. Mas até isso tinha acabado, porque já não podiam falar sobre crianças. Sabiam que não existe relacionamento perfeito e que em algum momento os maremotos viriam, mas não imaginavam que o motivo da maior crise que viveriam seria justamente o maior sonho de ambos.

Enquanto Aline era tomada pelo luto, Lucas queria voltar no tempo e apagar a expectativa boba de ter um filho. Certa vez, desabafando com a mãe sobre as dificuldades em engravidar, escutou que a ideia de ter filhos era superestimada em nossa sociedade. Quando contou para Aline, ouviu que certa era Rita, que havia ido embora e não convivia com aquela mulher que não nasceu para ser mãe. E alguém nasce para isso? Quais são as características de uma mulher que seria a mãe perfeita? Existe quem saiba a mãe que vai ser antes de ter um filho em seus braços? A Aline que ele conhecia jamais falaria daquela forma, com aquela frieza, com aquele tom. Não questionaria o valor de outra mulher com base na forma como exercia a maternidade, esquecendo-se do contexto. A Aline que ele conhecia era ousada e dizia que mulheres poderiam ser o que quisessem. Era aguerrida e rebelde. Mas tudo isso parecia ter se esvaído com a constatação de que ela não podia gerar filhos.

Eles ainda podiam muito. Passar um ano com trabalho remoto e viajando ao redor do mundo, por exemplo. Ela era programadora e desenvolvedora de sistemas, precisava apenas de um bom computador e de internet. Ele conseguia realizar as reuniões a distância. Seria incrível passar um ano como nômades, conhecendo os lugares com que sempre sonharam. Ou então construir uma casa com escadas e varandas sem redes de proteção, decorada com muito vidro, porque não tinham que se preocupar em garantir a integridade física de uma criança. Eles iam poder fazer sexo em todos os cantos da casa e gritar feito loucos, sem medo de traumatizar quem quer que fosse. Era possível que ela mudasse de emprego tantas vezes quanto quisesse, porque não teria que explicar, nas entrevistas e conversas profissionais, com quem deixaria os filhos. Eventualmente faria cursos na Alemanha e pós-graduações nos Estados Unidos. Eles estavam vivos e tinham possibilidades inumeráveis, o fim de uma delas não deveria parar a vida para sempre. E não parou, porque a vida não para só porque a gente quer. Por alguns longos dias, Aline quis que aquela dor desaparecesse, sem nunca mais ter que responder aos intrometidos na rua sobre quando teriam filhos. Quis dormir e não acordar, para não ver, diante do espelho, que aquela barriga da qual se orgulhava jamais seria preenchida por outra vida. Emagreceu de tristeza e decepção com o próprio corpo e foi elogiada como nunca. Um ano difícil, Lucas achou que não dariam conta dele. Pensou ter perdido a mulher para o filho que nunca veio. Não fizeram sexo, não viajaram e ela quase perdeu o emprego. A depressão roubou o ânimo, a alegria e a força. Ouviu da mãe que Aline era fraca e, pela primeira vez desde aquela ceia, também pensou que Rita estava certa e o melhor era não aparecer nunca mais.

Aos poucos, os remédios e a terapia surtiram efeito. Certa vez, chegou da agência e, enquanto procurava a chave para abrir a porta, escutou Aline gargalhando com as amigas. Não era uma risada contida, uma meia-risada ou a risada de quem está tentando a todo custo voltar a rir. Era a gargalhada gritada e escandalosa da noite em que se encontraram pela primeira vez e que ele conhecia bem. Aline dobrava o corpo, batia as mãos uma na outra ou nas coxas, misturando riso e lágrima. Ele achou que nunca mais escutaria aquele som que tornava a vida um tanto melhor.

Voltou para o estacionamento, fechou as portas do carro e chorou como nunca. Não se lembrava de um único dia que tivesse conseguido colocar para fora tantas lágrimas. Libertou o choro reprimido desde criança, da queda de Fuinha à ruptura com Rita. Verteu a dor por ter que abrir mão do sonho de ter um filho. Chorou o que não sabia nomear, que não conseguia descrever onde começava e terminava. No carro, longe dos olhares de quem pudesse julgar o seu sentir, Lucas soluçava. Aquela gargalhada marcava o fim da pior fase da vida, a mais dolorida, a mais solitária.

Não há máquina do tempo que possa resgatar versões de quem fomos e trazê-las intactas para o presente. Eles não voltaram a ser os mesmos. Passado o luto profundo que viveram, precisaram se conhecer novamente. Reaprenderam a explorar o corpo um do outro, a conversar sobre assuntos que traziam a memória daquela fase, a dançar na sala. Fizeram viagens em casal, em grupo e sozinhos. Brigaram, pensaram em desistir e lembraram que haviam enfrentado dores profundas. Era possível sair do poço depois de encará-lo. Compraram uma casa grande, tiveram dois cachorros e um gato. Sobreviveram ao sonho desfeito. Parecia loucura a ideia de que a vontade de trazer uma vida ao mundo quase tivesse destruído o que havia entre eles.

Nos dez anos entre o Natal e o reencontro, Lucas telefonou para Rita duas vezes, enviou cinco mensagens e desistiu. No começo, não deu nome à desistência. Dizia que estava dando um tempo para que ela digerisse o que aconteceu, ele sabia que a irmã voltaria. Ligou no dia seguinte à ceia e ela não atendeu, enviou uma mensagem, ela nunca respondeu. Descobriu que não eram mais amigos no Facebook e mandou outra mensagem, que também não foi respondida. Enviou "Parabéns e saúde!" quando, através das redes sociais de Iuri, descobriu que tinha um sobrinho. Ligou dois anos após o rompimento, queria convidar Rita para o casamento. Ela atendeu, agradeceu o convite e disse que não estava pronta para ver a mãe novamente. Ele implorou à mãe que ligasse para a irmã, e ela deixou claro que o faria por amor a ele, mas de nada adiantou. Enviou uma mensagem no dia do casamento, poucos instantes antes da cerimônia, queria que ela estivesse ali.

Foi engolido pela vida, pela expectativa do filho que nunca chegou. O tempo foi passando, e ele foi desistindo, sem perceber. Em um dos piores dias da vida, quando a mãe falou mal de Aline, o pai disse que a vida era assim mesmo, e Marília o ignorou completamente, ele enviou uma mensagem dizendo que sentia falta da irmã caçula. Ela respondeu com um *emoji* de abraço e aquela impessoalidade doeu tanto que ele desistiu.

Lucas sentia que tinha dado espaço demais, e o tempo acabou sedimentando a dor, em vez de curá-la. Em algum lugar ele sabia que, quando criança, não havia muito mesmo o que fazer para defender Rita, mas naquele Natal podia ter se posicionado, pontuado que os comentários eram mesmo ofensivos. Podia ter dito que não continuaria assistindo à diferença gritante de tratamento que a mãe devotava a cada filho. Mas escolheu ficar em silêncio e acreditar no poder do tempo, dando ao acaso a responsabilidade de decidir o que aconteceria dali em diante. Deixou a vida seguir seu caminho, como se não tivesse escolha diante do que acontecia. Foi covarde.

Cresceu dizendo que se incomodava com a expectativa excessiva depositada sobre ele, mas não conseguia existir sem a certeza da admiração inabalável da mãe. Quando viu Rita entrar pelo portão da casa, pela varanda onde se viram pela última vez, esqueceu a mágoa e a própria inércia. Queria fingir que nada havia acontecido, virar a página, deixar para lá. E torcia para que ela também fizesse o mesmo.

• • •

O telefone tocou e, apesar de não aparecer o nome de nenhum contato no visor, Rita sabia exatamente quem ligava.

Após quase dois anos daquele fatídico Natal, já não pensava na mãe ou na família de origem com a frequência de antes. Família de origem, era isso o que eles significavam em sua vida: o ponto de partida sobre o qual não teve escolha, a parte da história que fora escrita à sua revelia. Demorou até chegar ao ponto de não sentir ódio, raiva ou culpa e poder elaborar o que aconteceu, aceitando a própria escolha como a melhor possível. No dia seguinte àquela ceia, chorou tanto que teve medo de um aborto espontâneo. As pessoas diziam que grávidas não podiam ficar tristes porque os sentimentos negativos prejudicavam o bebê. Mas ninguém vive só de alegrias. E o que faria com toda a dor que estava sentindo? Não tinha o poder de fazê-la desaparecer. Reprimir podia ser pior.

Sentia sangramentos imaginários, volta e meia passava as mãos entre as pernas, com a sensação de que um líquido quente escorria, levando embora o seu bebê. As mãos sempre voltavam limpas, e o menino crescia saudável. A cabeça doía constantemente, Rita dormia e acordava com a certeza da própria condenação. Quem diz as coisas que disse para a mãe? E como se sobrevive sem a certeza de que existe a casa da mãe para voltar?

No início, não lembrava que nunca houve casa da mãe. Mas aos poucos foi compreendendo que desde sempre conviveu com a incerteza e o desamparo. E, se sobreviveu quando era criança, com poucas possibilidades de cuidar de si, daria conta também agora, adulta.

As sessões de terapia depois do ocorrido foram dolorosas. Repetiu aquela noite muitas vezes, voltando aos detalhes, aos gestos e às falas. Parecia que havia caído em um buraco sem fundo, e era desesperadora a sensação de eterna queda. Desvencilhar-se da relação abusiva com a família de origem foi mais difícil do que quando saiu da casa do ex. E agora, mesmo firme e consciente dos próprios motivos, pensar em falar com a mãe lhe causava uma dor física insuportável. Falar com Lucas, na semana anterior, tinha mexido com as próprias convicções. Sentiu muita vontade de retomar o contato, pelo menos com ele. Mas Lucas não enxergava as violências que ela sofria e, em pouco tempo, estaria advogando a favor da família unida e feliz, ignorando quanto custava a ela fazer seu papel naquele teatro.

Agora, aquele número aparecia na tela do celular, o número da mãe, do ser que mais amou e que mais a machucou na vida. Todas as sessões de terapia, todas as conversas e certezas dos últimos dois anos estavam virando um pó tão fino que não conseguia segurar o aparelho nas mãos. O toque da chamada nunca pareceu tão alto e estridente, doía a cabeça, era um alarme de incêndio lhe causando pânico. Devia atender ou fingir que não estava vendo? Estava sozinha com o bebê, não tinha a quem perguntar o que fazer nem tempo para decidir. Em um impulso infantil, nutrido por um fio de esperança, atendeu:

— Alô.

— Oi, Rita, é a sua mãe.

Claro que Rita sabia disso. Antes mesmo de ouvir aquela voz inconfundível, seus sentidos aguçados haviam lhe contado.

— Eu sei — falou com a voz baixa, quase engasgada.

— Estou ligando pra falar sobre o casamento do seu irmão. Você sabe que é importante pra ele que a família esteja unida.

Inacreditável, ela falava como se tivessem almoçado juntas no último domingo. Esse era o padrão de comportamento que sempre teve: ofender, magoar e intercalar as humilhações e explosões com trocas triviais. Chamava a filha de "burra", dizia que ela só fazia besteira e, com uma naturalidade absurda, pedia para passar o pote de manteiga. A mãe estava fazendo isso novamente e, dessa vez, Rita se recusava a calar, a fingir que aquilo era normal, a aceitar migalhas de atenção e manter o comportamento que sustentava a dança entre elas.

— Você deve ter reparado que nunca fomos uma família unida. Na verdade, já não faço parte da família.

Ouviu uma respiração profunda. Conseguia visualizar a expressão de raiva, tão gravada em sua memória.

— Rita, me desculpe por qualquer coisa que falei!

Rita sonhou muitas e muitas vezes com um pedido de desculpas, mas aquele "me desculpe" era genérico, automático e frio. Era o cumprimento de um protocolo, não havia arrependimento ou autorreflexão, continuava considerando as queixas da filha uma frescura e uma ofensa ao seu lugar de mãe.

— Desculpa por quê, mãe? Me diz. Me fala uma única coisa pela qual você está me pedindo desculpas.

O estômago queimava de raiva, angústia e dor. Sentia as pernas tremerem, o corpo enfraquecer. A mãe não tinha o direito de remexer naquela ferida se não havia uma vontade real de cuidar. Não podia mais machucar Rita e ignorar os sentimentos da filha, como sempre fez.

— É impossível conversar com você, Rita! O que você quer? Que eu me humilhe? Que rasteje no chão? Você tem alguma noção dos sacrifícios que eu fiz por sua causa? Tem alguma noção de tudo que passei na vida? Eu não vou pedir desculpas por ter sido a melhor mãe que eu consegui ser, sua ingrata! Eu sou sua mãe! Esta é a mãe que você tem, Rita. Esta é a mãe que você tem!

Desde o dia em que cruzou aquela varanda, Rita pensou algumas vezes em como a mãe havia recebido o que aconteceu. Será que refletiu? Sozinha, no escuro do quarto, conseguia assumir que magoava a filha? Quando Rita tinha treze anos, tiveram uma briga horrível. Ela levou um tapa no rosto, que deixou a bochecha avermelhada por algum tempo. Foi para o quarto chorar. Inesperadamente, a mãe abriu a porta e entrou. Por alguns instantes pareceu que pediria desculpas, que estava arrependida, que conseguia notar que passara do ponto. Mas o olhar de arrependimento sumiu e o pedido sincero de desculpas se perdeu no meio do caminho e saiu irreconhecível: "A minha mãe dizia que pé de galinha não mata pinto. Aprendi cedo. Aprenda também." A frase servia para afastar o remorso como a um mosquito que insiste em zumbir no ouvido durante a noite.

Tantos anos depois, e seguia acreditando que o título de mãe era uma carta branca para falar o que bem quisesse. Continuava fantasiando de amor e cuidado o que era rancor, descontrole e medo. A dor de Rita ao constatar a ausência de mudança foi inominável. Era mágoa, sofrimento, ferida aberta sendo passados de mãe para filha por gerações e gerações.

— Você não consegue falar comigo sem me humilhar, né? Não consegue reconhecer que sou tão gente quanto você. Essa foi a filha que você colocou no mundo, dona Maria Lúcia, querendo ou não, gostando ou não.

O choro do bebê a resgatou do poço de dor para o qual a mãe a empurrava sempre que se falavam. Rita tinha uma vida, um filho e uma família Tinha amigos, marido e amor. Pegou o pequeno no colo, consolando-o e dizendo: "A mamãe está aqui."

Do outro lado da ligação, a mãe escutava, pela primeira vez, a voz do neto, e sentia uma ponta de arrependimento e vontade de ter outra relação com a filha. Mas olhar para a própria vida doeria demais, reconhecer os próprios erros a empurraria para um vórtice. Culpar a filha era a saída mais rápida e menos arriscada, nunca se sabe quais paredes internas são sustentadas pelas nossas dores. Ela não tinha disposição para descobrir quais pedaços desmoronariam ao mexer na relação com Rita.

— Então é verdade que tenho um neto.

— Sim. E eu preciso cuidar dele. Tchau.

O silêncio demorou alguns segundos, mas pareciam horas. O único ruído audível era o balbuciar do bebê, que pedia o seio da mãe, e as respirações profundas dos dois lados da linha.

— Tchau, Rita. Espero que, quando o arrependimento vier, não seja tarde demais.

De que se arrependeria? De se proteger e proteger o filho da convivência com parentes nocivos? De livrar o menino de vê-la sendo humilhada pela própria mãe? De finalmente conseguir respirar sem sentir a pata de um elefante pressionando o peito?

— Digo o mesmo.

Desligou o telefone, sentou-se no sofá sentindo o mundo rodar, pôs o filho no peito e chorou como não fazia há tempos. Acariciava o rosto do bebê, recebendo de volta o afago das mãozinhas gordinhas. Deixou as lágrimas escorrem. "Esta é a mãe que você tem!" ecoava na cabeça, e ela odiava a verdade da frase. Não importava o quanto se afastasse ou tentasse esquecer esse fato. Não importava se tentava apagar essa mãe da própria mente: essa era a mãe que tinha. A dor que achou ter superado voltou com tanta força que lhe tirou o ar. Por um tempo, sentiu o luto de quem perde toda a família em um acidente trágico. Mas a mãe estava ali, ressurgida dos mortos, assombrando a vida que ela estava construindo.

Queria se jogar na cama e chorar a dor de ser filha. Mas agora era mãe e precisava manter o filho vivo. Perdera o direito de se entregar à tristeza, de passar o dia se arrastando entre a cama e o sofá, de apenas comer um lanche qualquer quando a fome aparecesse. Agora, com dor ou não, precisava cuidar, banhar, limpar, alimentar. Tinha que acolher choros, dar colo e falar "A mamãe está aqui", mesmo quando tudo o que o coração desejava era estar longe.

Um dia, disseram a ela que, quando o filho nascesse, entenderia melhor a mãe, perdoaria seus erros e a enxergaria com mais respeito e amor, mas isso nunca aconteceu. Cada vez que sentia dor, respirava fundo e cuidava do filho, dizendo para ele que não era o responsável pelo choro da mamãe, Rita se afastava mais da mãe que teve, a compreendia menos. Quantas vezes engoliu a própria dor para cuidar do filho? Quantas vezes se levantou da cama depois de achar que não conseguiria, deu colo sem querer cuidar, escutou quando queria gritar? Por que ela conseguia conter os próprios impulsos, e a mãe, não? Observava o filho e, só de imaginar dizer para ele algumas das palavras que escutou da mãe, era tomada pela vontade de abraçá-lo e pedir desculpas pelo que não disse. Como ela conseguia? Como conseguiu falar tudo o que falou e olhar para Rita como olhou e não sentir qualquer arrependimento?

Ela sabia, em cada poro, em cada víscera, que uma mãe sente mais que amor. A primeira vez em que sentiu vontade de jogar o bebê pela janela, Rita chorou por horas. Havia dias o menino não dormia e passava a madrugada agarrado aos seus seios, doloridos e machucados. O sono nublava seu discernimento e a raiva tomava todos os seus espaços internos. "Dorme, meu filho, dorme!", ela repetiu, primeiro com calma, depois implorando, e então com uma raiva maior que ela mesma. Teve vontade de jogar a criança e fugir. Um milésimo de segundo depois, agarrou o menino com força, abraçando, pedindo desculpas, protegendo-o dela mesma e dos seus lados mais monstruosos. Naquele dia, perguntou a si mesma se era como a mãe, se o amor pode se deformar com os anos, se a mãe um dia a amou como ela ao filho, se um dia ela mesma o desprezaria como a mãe fazia. Quais caminhos podia tomar para fugir daquele destino? O que podia fazer para assegurar que não causaria no filho as dores que carregava no peito?

Fugir daquele destino era o lema da maternidade de Rita. Queria ser onipotente, como se pudesse compensar o que a mãe não deu, voltando no tempo e ajustando o passado. Mas o que mais a distanciava de qualquer sombra de entendimento da mãe não era quando continha seus impulsos violentos. O que mais as distanciava eram os momentos felizes, nos quais sentia uma alegria tão pulsante em olhar para o menino, que tinha medo de não merecer. Os momentos em que observava o pequeno e sentia um orgulho tão grande que poderia abrigar o mundo. Não entendia como a mãe conseguia conter aqueles sentimentos e ficar indiferente ao transbordamento contagiante do ânimo infantil.

Por diversas vezes, tinha a sensação de que a mãe até se irritava mais nos momentos de alegria. As gargalhadas, a correria e a energia que Rita derramava pela vida pareciam violentar a progenitora. O contraste das cores vibrantes das crianças com o que a mãe guardava dentro de si era grande demais, dolorido demais para suportar, então ela continha a caçula e a silenciava. Talvez Rita estivesse certa, talvez fosse filha de alguém malvada e sem coração. E podia ser que a mãe não fosse pura maldade, a vida poderia tê-la machucado a ponto de ser só ferida e dor, e a menina estivesse pagando a conta de suas perdas, sem perceber. De uma forma ou de outra, Rita sofreu o que nenhuma criança deveria viver e a maternidade não lhe trouxe qualquer empatia pelo passado, não a ajudou a ressignificar absolutamente nada.

Nos dez anos em que se afastou da família, redescobriu como existir. Sem a obrigação dos almoços de domingo, sem o nó na garganta que constantemente atrapalhava a respiração, Rita quase sufocou na liberdade. A estranheza de não ter as opiniões e os quereres atacados gratuitamente dava ao mundo um tom ameaçador. Tinha pesadelos em que estava numa praia deserta, paradisíaca, mas o mar azul virava lama e cocos caíam podres no chão — nenhum detalhe do paraíso era bom de verdade. Acordava assustada, achando que aquela paz não duraria, que, inconscientemente, faria algo para estragar o momento que estava vivendo, o mundo não podia ser confiável e bom. Na primeira noite na casa nova, com as caixas ainda empilhadas pela sala, Iuri e ela se sentaram no quintal, imaginando o menino correndo pela grama, com o cachorro que ainda não tinham e comendo fruta das árvores que ainda não haviam plantado. Eles se deram as mãos e prometeram um ao outro que seriam muito felizes. Rita alisou a barriga com amor e sentiu tanto medo que teve uma crise de choro, pensando que em algum momento colocaria tudo a perder. Depois o choro mudou de motivo, já não era uma expectativa sobre o futuro, mas sobre algo que já estava acontecendo ali: naquele momento, arrastava Iuri para seus dramas pessoais. Ele era feliz e vinha de uma família igualmente feliz, e ela, com defeitos de fábrica e também causados pelo mau uso, estragava a vida perfeita que ele poderia ter. Um dia, ele perceberia que estava perdendo tempo, que existiam pessoas menos problemáticas no mundo e a deixaria.

Tinha tantos medos e angústias que sentia pena do menino que estava por vir. Achou que a distância da família resolveria os seus problemas como mágica, mas levaria anos até aprender a lidar com as cicatrizes que tinha marcadas na alma, com o medo do abandono, a ansiedade e a culpa. Foi inocente ao acreditar que poderia simplesmente virar a página, que suas questões emocionais se resolveriam no ritmo de um filme. O primeiro Natal após a briga foi terrível; no segundo, comprou a primeira árvore da família; no terceiro, montaram-na juntos e fizeram cartas e desenhos para pendurar com os enfeites. Nos seguintes, a árvore, as luzes e os enfeites já eram uma tradição da qual o filho lembraria até a velhice. A falta foi ficando menor, se encolhendo, diminuindo, até caber em uma gaveta da memória que não atrapalhava a vida seguir seu rumo.

Às vezes, alguma coisa fazia a gaveta se abrir, inesperadamente. Um cheiro, um gosto, uma frase, uma lembrança, um medo. E Rita tirava a poeira da dor, olhava para ela com pesar e esperava até que coubesse na gaveta novamente. Certa vez, foi o filho quem abriu, jogou a dor na mesa e quis examiná-la, sem qualquer aviso que a preparasse para o que viria.

Lápis e papel na mão, giz de cera espalhado pela sala. Deitado no chão, diante da folha em branco, o menino pensava na vida.

— Mãe, você não tem mãe nem pai? Eu só tenho os avós da família do papai?

Ele tinha desdobrado a dor, fazendo subir o cheiro de coisa guardada. O que poderia responder? Já estava ficando hábil para mentir quando a pergunta vinha de estranhos: "Sua mãe já faleceu?", "Você é filha única, não tem irmãos?", "Seu pai morreu?". De diversas formas, as pessoas queriam saber dos pais e irmãos e criar contextos para a presença de Rita no mundo. Que tipo de pessoa para de conviver e falar com os pais? Rita já havia entendido que ninguém perguntaria como era sua família, então aprendeu a mentir, a omitir e a medir em quilômetros a distância emocional: "Ah, eles moram bem longe." Mas, para o filho, não queria mentir — a história dela era dele também. Sentou-se ao lado do menino, respirou fundo. A dor cresceu, se espichou e puxou o seu lugar na conversa.

— Eu tenho pai, mãe e dois irmãos: Lucas e Marília. Cresci com eles numa casa de quintal grande, como essa em que a gente mora. Mas ficar perto deles não me fazia bem, sabe? Meu coração doía muito e eu sempre ficava muito triste. Um dia, eu percebi que pra ficar bem e feliz eu precisava me afastar, e é por isso que a gente só visita a vovó e o vovô que são pais do seu pai.

— Eles são maus, mamãe?

Rita queria dizer que sim. Que são como vilões de desenho animado, querem dominar o mundo e não se importam com quantas pessoas vão machucar pelo caminho. Mas essa não era a verdade, nem mesmo sobre a mãe. Os anos sentando-se de frente para Tânia, recontando a história da própria vida, fizeram-na entender que eram mais que mocinhos e vilões.

— Não, filho. Eles tiveram atitudes que não foram legais comigo, mas não são maus. São apenas pessoas que não quero por perto.

— Como eles são? Você tem foto?

Agora a dor cresceu, se agigantou, tomou a sala, reduziu a quantidade de ar disponível no ambiente.

— Tenho, em algum lugar, mas esse é um assunto que ainda dói e eu não queria olhar as fotos nem te mostrar. É muito importante para você?

— Não, mamãe, tudo bem. Eu nunca vou te fazer mal, tá bom?

Abraçou o menino com força, puxando o corpo quente para perto, sentindo o cheiro de *tutti frutti* do xampu infantil, tocando a pele macia com os lábios. Beijava e cheirava a criança repetidas vezes, esperando que aquela sensação devolvesse a dor ao seu lugar. Já que não podia arrancá-la de si, se esforçava para que não contaminasse tudo, que não espalhasse sua viscosidade nos outros espaços da vida, que não tomasse sua capacidade de ir além de sobreviver.

Dez anos depois, quando decidiu que atenderia ao pedido da mãe, havia aprendido a encarar a dor e ser encarada por ela. Já era possível se desfazer e refazer, permanecendo inteira. Sabia que as roupas de bichinhos e listras coloridas ajudavam a conquistar as crianças, não era loucura sua — o consultório sempre cheio sinalizava isso. Observando a autoestima, inteligência e empatia do filho de nove anos, que fazia coisas incríveis, aprendera que não fazia somente merda. Ainda tinha medo de ser abandonada, se cobrava em excesso, e pensava, volta e meia, que não merecia as coisas boas que aconteciam em sua vida. Mas era uma Rita diferente, tinha conquistado dentro de si espaços dos quais não abriria mão por nada ou ninguém. Naquele fim de tarde, entrou na casa dos pais sem disposição para negociar pedaços seus, e isso era assustadoramente novo.

• • •

— Mãe, a senhora pode ficar com o Jorge? Tenho uma reunião hoje e a babá me ligou dizendo que não vem.

O bebê mirava a mãe com olhos atentos, depois de escutar o próprio nome. Marília segurava o celular com uma mão, enquanto com a outra organizava uma bolsa com roupas, mamadeira e fraldas.

— Claro, fico sim. Pode deixá-lo aqui e ir para a sua reunião tranquila.

Marília nunca experimentara a tranquilidade, não seria após a maternidade que conseguiria tamanha façanha. Quando a babá ligou, informando que estava a caminho do hospital com o filho doente, Sérgio já estava pronto para sair para o trabalho e não pensou em mudar sua agenda para ajustar o imprevisto. Abriu a porta, disse "Tenho que ir, estou atrasado, qualquer coisa me liga!" e saiu, deixando para trás a esposa, o bebê e a responsabilidade pelo que seria feito deles. A agenda dela dependia de outras mulheres, que dependiam de outras mulheres para manter girando a roda do mundo. Se um dia, todas as mulheres decidissem que não iriam cozinhar, passar, lavar, organizar, reagendar, limpar, banhar, cuidar e todos os verbos que podem descrever ações invisibilizadas, a Terra pararia. Nada se manteria em pé, ou inteiro, ou funcionando perfeitamente. Mas parar é algo impensável, há que se manter viva a própria vida. Então as mulheres seguem limpando, organizando, lavando, cuidando e dependendo umas das outras.

— Estou arrumando a mala dele, vou enviar o leite e deixar tudo anotado para a senhora saber os horários, tá? Vou levar as frutas também, para o lanche. Não dá uva inteira, pode causar engasgo. Ele está com uma assadura, não se esquece de passar pomada em cada troca de fralda. O almoço está congelado, é só descongelar e aquecer em banho-maria. A reunião de hoje é muito importante. Obrigada, mãe.

Desligou o telefone fazendo contas mentalmente. Tinha poucos minutos para deixar a criança, dirigir até o escritório e estar preparada para a apresentação do projeto. A sensação de que tinha sempre poucos minutos para o que quer que fosse era constante. Desde que Rita decidiu dar as costas para a família, havia assumido ainda mais responsabilidades que antes. Agora, queria fazer o papel de duas, tapar o buraco que julgava ter ficado aberto no coração da mãe. Tinha vontade de voltar no tempo e apagar as palavras duras que foram ditas tão injustamente. Achava que tinha a obrigação de fazer companhia, de estar presente em todos os domingos, de mostrar que todo o sacrifício feito por ela havia valido a pena. Se uma das filhas seria ingrata, ela seria duplamente grata e devota.

Se antes de ter filhos sentia empatia pela mãe, o entendimento que passou a ter após a maternidade a transportou para um lugar de santidade. Como a mãe tinha dado conta de manter a casa organizada e três filhos vivos, sem enlouquecer? Três filhos! Marília se sentia incapaz de manter um único filho bem, saudável e respirando. Pensar no bem-estar do menino lhe tomava tanto espaço mental que era quase impossível imaginar o que a mãe viveu. Tinha a nítida memória do pai feliz e bem-humorado, sem precisar se preocupar com ninguém além dele mesmo, enquanto a mãe perambulava pela casa, colocando os objetos em seus devidos lugares, organizando refeições e tirando manchas de frutas de roupas de crianças. Como alguém sem forças pode ser alegre? Como alguém sobrecarregado consegue ser empático e gentil? Não podia negar a secura da mãe, as suas falas ríspidas, o mau humor quase constante. Mas podia aceitar, perdoar. Tinha a melhor mãe do mundo, e esse não era um fato sobre o qual cabia controvérsia ou novas formas de ver.

Naquele dia, a reunião foi um sucesso, e Marília levou para a mãe uma caixa de trufas de chocolate como forma de agradecimento. Conseguiu aprovar o projeto que alavancaria a carreira e, sem o apoio com o bebê, isso não seria possível. O filho unia as duas em uma solidão compartilhada sem palavras. O peso social que recaía nos ombros de ambas não era falado, mas vivido em silêncio. Conversavam sobre tudo e não se aprofundavam em nada. Ainda assim, sentiam que podiam contar, apenas, uma com a outra.

Marília volta e meia pensava em Rita. Na falta de respeito com a família, no egoísmo da própria decisão. Quem se dá o direito de desistir das relações assim, diante da menor dificuldade? Como ela pôde decidir sair da família como quem desiste de um emprego ou de levar uma blusa para casa, depois de provar e achar que estava justa demais? Família é para a vida toda, gostando ou não, querendo ou não. Compartilhavam o sangue, histórias, vivências, responsabilidades. E agora essas responsabilidades, para variar, recaíam sobre ela. Será que Rita se arrependia? Será que alguma vez parou para pensar no que disse? Que liberdade era essa que a irmã insistia em ter?

Lembrava-se daquela noite com detalhes. O silêncio cortante na mesa, sendo interrompido apenas pelo tilintar dos talheres na porcelana. Os olhares perdidos, confusos e ansiosos disfarçados por sorrisos amarelos, a vontade de encerrar a noite e acabar de uma vez por todas com as celebrações de Natal. A angústia de engolir as palavras, perguntas e dúvidas com garfadas de risoto, de fazer descer o nó na garganta com goles de vinho ou refrigerante. A mancha roxa na toalha branca, como um lembrete constante de que a briga tinha sido real, e não um delírio coletivo. A mãe jogando o *cheesecake* inteiro no lixo, sem emitir qualquer som. As horas se arrastando lentamente, esticando o incômodo até o máximo da resistência. No momento de se despedir, abraçou a mãe e falou, no ouvido dela, que sentia muito. Os abraços entre elas eram raros, desconcertantes, estranhos. Os braços se dobravam levemente, os corpos quase não se tocavam, o desconforto se materializava e se instalava no meio de tudo. "Não há pelo que sentir. Sua irmã é uma ingrata, sempre soube disso. Uma hora ela volta, ninguém pode ser feliz tratando uma mãe assim."

Marília acreditava que não se pode ser feliz ou abençoada distante da família, mas pensava pouco no que significava ser feliz ou abençoada. Quem ela conhecia que era realmente feliz? Quantas vezes se sentiu feliz? Carregava uma ansiedade constante, pouco compatível com a felicidade. Tinha amigas com quem sorria, contava piadas e viajava, mas a vida, na maior parte do tempo, era composta por fazer o que não queria, quando não queria, do jeito que não queria. O querer era suprimido pela mulher competente, a espontaneidade era sufocada para dar conta. Fazia o que precisava ser feito, como precisava ser feito. Não ser criticada era seu objetivo principal. A possibilidade de ser exposta como alguém que não sabe de algo e dá menos de cem por cento de entrega e perfeição era insuportavelmente dolorosa. Exigia tanto de si, que acreditava nunca estar preparada o suficiente. Então estudava, se esforçava e tentava mais. Nenhuma emoção humana era aceita como parte da existência, mas prova da incompetência ou falta de controle de alguém, normalmente de si mesma. E, a cada sofrimento, ela se cobrava mais e, diante das próprias limitações, sofria mais. Mesmo quando acertava, era impecável e conseguia o que todos julgavam impossível, o gozo pela vitória passava rapidamente, e ela logo voltava para o ciclo de angústia: como poderia ter feito mais e melhor? Será que merecia realmente aquela conquista? Talvez tivesse um vício na ansiedade ou tivesse aprendido a autonegligência há tanto tempo, que cuidar de si fosse avesso ao natural. O que era o orgulho e o prazer na conquista, senão um transbordar de si mesma?

Os momentos de alegria eram fugazes. Contemplar o menino dormindo, à noite, por alguns minutos. Ver o quanto ele crescia, os traços de bebê sendo substituídos pelos de criança, os de criança pequena sendo substituídos pelos de criança grande. Sentia alegria ao fim do dia, quando o apartamento se aquietava. Tomando vinho e assistindo a uma série na TV, curtia a solidão da vida pós-divórcio. A ausência de desprazer era quase prazer, e muitos desprazeres deixaram sua vida com o fim do casamento. O marido levou consigo a obrigação de conversar quando ela queria ficar em silêncio, as discussões sobre os limites em relação ao trabalho ou à mãe, o esforço de negociar decisões quando ela sabia que o seu jeito era o melhor, a irritação de ver o sossego dele em contraste com o desassossego que a habitava constantemente. Levou consigo a decepção de esperar por algo e descobrir que ele não havia feito, o cansaço de precisar pedir e orientar. Ensinar cansava mais que fazer, repetir várias vezes as mesmas orientações drenava suas energias. Ele levou consigo as desculpas esfarrapadas, os vários "Eu não vi!" ou "Esqueci" ou "Por que você não pediu?", e ela não sentia falta de nada.

Prometeu a si mesma que não viveria o mesmo que a mãe, não seria degrau para o sucesso de nenhum homem. Não escolheria roupas, não marcaria médicos e exames, não doaria o próprio tempo e energia para que alguém se realizasse profissionalmente. Não seria uma grande mulher por trás de um grande homem. Não entregaria seus sorrisos, sonhos e sua vitalidade para sustentar a alegria de ninguém, não se permitiria virar puro rancor e desânimo. Tinha tanto medo de se parecer com várias mulheres conhecidas que escolhia a segurança de estar só. Acostumou-se à facilidade de não negociar sobre o restaurante em que almoçariam ou a temperatura em que o ar-condicionado deveria ficar. Os curtos relacionamentos que teve após o divórcio apenas reforçavam as desvantagens dos namoros e casamentos. Ocupava os dias com a mãe, o filho, o trabalho, e não havia espaço para nenhuma outra demanda.

Quando a mãe recebeu a alta hospitalar após a cirurgia, Marília decidiu que ficaria alguns dias na casa dela, observando de perto, cuidando com mais atenção. Seria provisório, até que melhorasse, uma ou duas semanas apenas. Mas a vida não segue nossos prazos e protocolos, e o câncer abateu a mãe rapidamente. As duas semanas passaram, e decidiu ficar mais uma, mais duas, mais três. Passava no apartamento por poucos minutos por semana, dividia seu quarto de criança com o filho nos dias em que ele não ficava com o pai. A magreza e a falta de vitalidade se instalaram em cada centímetro do corpo da mulher que antes parecia altiva e forte, e cada instante era um a menos, uma contagem regressiva para o fim. Em um dia especialmente triste, daqueles em que tinha a sensação de que seria o último, a mãe pediu para ver Rita. Estava entre o delírio e a consciência, entre a vida e a desesperança. Marília não questionou o pedido, não se perguntou por que justo agora. Também desejaria ver o filho se estivesse em uma situação igual.

Trinta minutos depois, estava com o celular nas mãos, discando o número para o qual não ligava há pouco mais de dez anos. Sentia mágoa, inveja e algo próximo de saudade. Tinha muitas perguntas e nenhuma disponibilidade para fazê-las, muitas dúvidas e pouca vontade de conversar sobre elas. Estava pressionada e exausta havia tanto tempo que desejava apenas que tudo acabasse: o cansaço, a dor, a doença da mãe, o pedido inesperado. Ligou do telefone do trabalho, preferia não arriscar não ser atendida.

— Alô.

— Oi, Rita, sou eu, Marília.

Silêncio. Suspiro. Surpresa.

— Ah... oi.

— Prefiro não perder tempo enrolando, então vou direto ao ponto. A nossa mãe está doente. Muito doente. Foi diagnosticada com um câncer terminal há dois meses. Achamos que ela poderia se recuperar e ter mais alguns anos de vida, mas a doença está muito agressiva e achamos que ela não vai viver muito. Alguns dias são terríveis e parecem ser os últimos. E hoje ela me pediu pra te ver. Me diga se você pode. Acho que domingo seria um bom dia, esta semana ela está realmente mal e os médicos estão pouco esperançosos.

— Eu... eu não sei o que dizer. Posso te responder depois?

Marília não conseguia acreditar na resposta que recebeu, não conseguia acreditar na indiferença, na falta de cuidado e responsabilidade, no egoísmo da irmã.

— É sério isso, Rita? Eu ligo e te conto que a sua mãe, que está à beira da morte, deseja te ver e você quer um tempo pra pensar se pode atender ao pedido dela ou não? Que parte do "não sabemos quanto tempo ela ainda tem de vida" você não entendeu?

— Eu estou surpresa, Marília, só isso. Preciso digerir a notícia...

Digerir a notícia? Quem disse que a vida deu esse tempo a alguém da família? Quem Rita pensava que era para querer tempo para digerir a merda da notícia que atropelava Marília há meses?

— Rita, hoje é quarta-feira, estou te pedindo para visitar a sua mãe no domingo. Você tem alguns dias até lá, espero que seja o suficiente. Não tenho coragem de falar pra ela que você não vai. Aguardo você. Pode ser no final da tarde, é o horário que ela costuma estar um pouco melhor.

— Ok. Eu vou.

— Obrigada. Até domingo. Tchau.

Desligou o telefone. Sentiu uma lágrima escorrer e a enxugou de imediato, antes que a gota teimosa trouxesse outras e uma enxurrada delas encharcasse o rosto, a roupa, a vida. Tinha tantos motivos para chorar, que preferia não pensar em nenhum deles. Sentia medo de se dissolver com o choro e nunca mais recuperar a própria forma. A mãe precisava dela inteira. O filho precisava dela inteira. A vida não lhe dava o luxo de se entregar. Tentou não pensar no domingo, na morte da mãe nem na vida. *Basta a cada dia o seu mal.* E ela estava vivendo um dia por vez.

8. Reencontros

A sala permanecia idêntica, os mesmos móveis, as mesmas cortinas, a mesma porta que fazia um rangido agudo ao abrir. Rita olhou todo o ambiente, ansiosa por encontrar um indício de que as pessoas ali teriam mudado, de que aquela visita não seria uma reprise de uma parte da vida que ela desejava esquecer. As fotos sorridentes continuavam no *rack*, mantendo a aparência de uma harmonia familiar que nunca existiu. Em um novo porta-retratos, um pouco maior que os outros, um menino sorria. O filho de Marília tinha uma inegável semelhança com Lucas, a pele cor de caramelo, os cabelos crespos formando uma nuvem de pequenas molinhas castanho-escuras, os olhos levemente puxados e tranquilos, um sorriso doce. Rita imaginou o filho abraçado ao primo naquela imagem, imaginou os dois crescendo juntos, brincando e brigando porque o copo de um tinha mais suco que o do outro. Fantasiou as viagens que teriam feito, os passeios em família, os piqueniques no parque, as festas de aniversário de um em que o outro insistiria em apagar a vela. Imaginou as lembranças que teriam criado, as vivências que teriam experimentado, o amor que poderia ter crescido.

Sentiu um nó na garganta, como sempre acontecia quando engolia o choro, impedindo que o ar circulasse livremente por dentro, confundindo os sentidos. Ela não viu aquele menino sorridente crescer, não podia contar, saudosa, como ele a chamava quando era bebê. Queria ter convivido com ele, saber se foi um neném que só dormia se fosse ninado em pé ou se aceitava aconchego em qualquer lugar. Gostava de ver *Ninjago*? Tinha visto *Soul* tantas vezes quanto ela e o filho? Será que também preferia cachorros a gatos? A sensação de que nada havia mudado evaporou e Rita sentiu, de repente, o peso de cada segundo dos dez anos longe de todos. Por mais que parecesse, não estava em uma máquina do tempo, não tinha ganhado uma passagem para uma época distante. Estava no presente, com dez anos de histórias não compartilhadas e uma morte iminente.

O pai se aproximou de Rita, que ainda estava parada próximo à porta. O desconforto e o estranhamento eram robustos e espalhavam constrangimento por todos os cantos. O homem que se aproximou era diferente e igual ao que deixou para trás naquele Natal. Os cabelos brancos agora dominavam a cabeça, rugas finas marcavam os cantos dos olhos e a testa, e um pouco de flacidez dava a seu rosto um aspecto envelhecido. Alguns quilos novos se espalharam por seu corpo, resultado da desaceleração dos dias de quem finalmente se aposentou. Rita abriu o sorriso simpático de sempre e, antes que pudesse decidir como iria cumprimentá-lo, os braços fortes a abraçaram.

— Que saudade eu estava de você, minha pequena. Como você está bonita!

Rita teve a impressão de ver lágrimas umedecerem os olhos do pai, e os sentimentos se misturaram. Tinha vontade de se entregar ao abraço e ao colo, e, em igual intensidade, sentiu o ímpeto de afastá-lo e perguntar por quê, se sentia tanta saudade assim, nunca ligou. Queria fingir que nada havia acontecido, apagar aquele Natal da história e agir como se tivesse acabado de chegar de uma temporada de dez anos vivendo em outro país. Sentia, também, um desejo profundo de remoer cada mágoa, de dizer que não se esqueceu dos silêncios, da inércia, das ausências. Ela era um amontoado confuso de desejos contrastantes.

— Oi, pai, obrigada! Você também está ótimo — respondeu com a voz mais lenta e mais baixa que o normal.

Estava falando dentro daquela casa novamente, e aquilo era estranho e inesperado — os sons que produzia reagiam a tamanha estranheza. Tinha partido daquela sala prometendo que não voltaria, disposta a jamais falar novamente com quem não estava disposto a ouvir, a jamais escutar os absurdos de quem não tinha cuidado ao falar. Mas estava ali e se sentia vulnerável. Todas as promessas de que não viveria novamente as mesmas mágoas tinham caído por terra.

— Quero saber como estão as coisas. Que dia vou conhecer o meu neto?

A atitude do pai não era novidade, mas despertava irritação. Não é possível que ele realmente fosse continuar desconsiderando os reais motivos do distanciamento entre eles? Ou será que acreditava que o passar dos dias e anos, por si só, havia resolvido os problemas da família? Rita não tinha nenhuma intenção de apresentar o filho aos pais e irmãos, não queria sentar-se no sofá e conversar como se toda a mágoa guardada tivesse desaparecido. Antes que pudesse organizar as ideias, escutou o próprio nome sendo falado de um jeito rouco, debilitado. Não havia sombra de irritação, de desprezo, de rancor. Era a voz da mãe, mas não parecia a voz da mãe.

Os pés grudaram no chão e, mesmo que quisesse, não conseguiria se mover. Uma corrente de dor percorreu todo o corpo, contraindo os músculos, causando vertigem. Teve vontade de vomitar, queria pôr para fora as lágrimas, as palavras guardadas nos últimos dez anos. Queria abrir a boca e deixar que tudo saísse sem freios, sem cuidado, sem pensar em ninguém além dela mesma. Queria gritar que estava forte, que agora não escutaria nada sozinha, que sabia se defender, que, se a mãe lhe desse um tapa, ela revidaria. O enjoo aumentou, os pensamentos giravam, vem, me bate agora, puxa meu cabelo, me humilha, sua covarde, eu te bato e te humilho e grito com você também. O coração acelerava e ela gritava por dentro. Queria abrir a porta e sair para nunca mais voltar.

— Ela está no quarto e hoje não está conseguindo caminhar. Às vezes, ela tem dias bons, mas eles estão cada vez mais raros.

Marília caminhou em direção ao quarto dos pais, seguida por Lucas e pelo pai, que já havia esquecido a pergunta que fez à caçula. Rita não queria acompanhar o grupo, sentia as pernas cada vez mais imóveis e o coração cada vez mais acelerado. Obrigou o corpo a se mover até o quarto, lembrando-se das vezes em que parou ali, durante a madrugada, mas não teve coragem de se aventurar. Bater naquela porta lhe causava tanto medo quanto os pesadelos assustadores. Passava alguns minutos olhando para a passagem fechada, depois voltava para a cama, cobria o corpo da cabeça aos pés e dormia novamente. Agora, a porta estava aberta e ela era adulta, rebelde e capaz de revidar. Entrou no quarto e deu de cara com o inesperado.

Deitada na cama, havia uma versão magra, envelhecida e doente da mãe. A pele escura, antes bonita, se tornara uma fina camada acinzentada cobrindo o rosto e o corpo ossudos. Os olhos pareciam maiores, frouxos no espaço que antes ocupavam com tanta imponência. Uma camisola de algodão apagava qualquer vestígio da elegância que antes transbordava dela. Os punhos estavam tão finos que pareciam frágeis e incapazes de resistir a qualquer toque mais firme. A mãe, que antes tinha o poder de jogar no chão todos os sonhos e planos de Rita, agora não tinha forças para sair da cama. Aquela senhora não despertava raiva, mágoa ou rancor. Os braços de Rita agora não aguentavam o peso das armaduras que criou para se defender. As vozes internas, que antes ameaçavam revidar, bater e gritar, agora queriam desistir do confronto. Rita não queria esquecer as dores e mágoas, eram sua proteção. Esquecer abriria espaço para que acontecessem novamente, não podia fazer isso. Dentro daquela idosa desconhecida, ainda estava a mãe de sempre, incapaz de amar e de aceitar a filha. Rita não queria esquecer isso, mas as certezas agora se dissipavam. A mãe realmente estava morrendo, e ela nunca a odiou e amou tanto.

Marília encostou na mãe, ajeitou o travesseiro que apoiava a coluna, perguntou se queria um pouco de água. Na cômoda, caixas e vidros de remédio se acumulavam. A porta entreaberta do grande guarda-roupa de madeira deixava à mostra os pacotes de fraldas descartáveis. Nada naquele quarto se encaixava na família — nem na mãe — que ela conhecia. Queria a mãe forte para nutrir a raiva que sentia dela, para ter uma opositora à sua altura. Mesmo sabendo do seu estado de saúde, achou que não era tão grave assim — aquela imagem não caberia em sua imaginação, não poderia ser produzida pela mente. Por vezes, desejou que a mãe morresse, que evaporasse, mas nunca quis de verdade que a vida a abandonasse. Vendo-a naquele estado, nenhum desejo de revanche ou sensação de justiça a tomou. Sentiu pena. Dó. Tristeza. Não sentiu vontade de dizer: "Bem feito!" Pelo contrário, sentiu a culpa se avolumar no peito, mesmo sabendo que não tinha qualquer responsabilidade pelo que estava acontecendo.

— Pensei que ia morrer sem te ver, minha filha.

A frase foi dita lentamente, cada letra tomando o tempo de várias outras, cada segundo se transformando em três. Rita já não pensava, não havia espaço interno para tanto. Aquilo que via e ouvia abriu uma fenda no tempo e espaço. Não sabia o que poderia ser dito ali, o que cabia naquele espaço entre elas.

Marília observava Rita e sentia raiva. Que pretensiosa a irmã, que acreditava ter tempo para digerir, entender e colocar as coisas no lugar. Toma, Rita, um pouco da dor que me atravessa há dias, toma um tanto do meu cansaço, do meu medo, do meu susto, do meu choque. O que era mais chocante: ver a mãe saudável, maquiada e bonita e depois vê-la convalescente em uma cama ou vê-la definhar aos poucos, perder a força, os músculos, os quilos, a energia? Se os olhos de Rita se arregalavam com a imagem da mãe limpa e cheirosa sentada na cama, Marília queria saber como ficariam ao ver os jatos de vômito e as roupas manchadas pelas sujeiras fétidas que o corpo humano é capaz de produzir. Como ficaria ao escutar os gemidos de dor e os delírios noturnos. Quem Rita achava que era para se chocar, desejar tempo e sentir o que quer que fosse? Quem achava que era para ficar parada na porta, encarando a dor da mãe sem esboçar qualquer movimento para amenizá-la?

Olhava para Rita com vontade de gritar: "Se mexe, se aproxima dela, fala com ela." Mas a caçula permanecia pálida, congelada, inútil. Rita olhava para Marília pedindo socorro, tentando entender o que fazer, buscando uma resposta sobre a melhor forma de agir naquela situação louca, absurda, sem sentido.

— Você vai melhorar, mãe, para de falar de morte! — disse Lucas, sentando-se na beira da cama, acariciando os pés cobertos com o lençol.

Ele sabia que era mentira, ela não melhoraria. Os tumores eram tantos que se tornaram o próprio corpo. Tinham fome, voracidade, pressa. E, apesar de ter consciência disso, o primogênito não conseguia falar sobre a morte, aceitar sua presença nem lidar com a finitude da mãe com naturalidade ou conformismo. Precisava fingir que tinha esperança, que milagres acontecem. Não se furtava ao seu papel de filho confiante e forte. O que falaria senão que era necessário manter a esperança viva?

— Estou em paz com a morte, meu filho. Fique também.

A mãe respondeu com a mesma dificuldade que teve quando se dirigiu a Rita. Sem grosseria, mas também sem forçar um sorriso consolador ao filho. Estava cansada de confortar quem quer que fosse, não tinha obrigação de dissimular seus sentimentos. A vida estava chegando ao fim, e ela estava livre de pensar no futuro, no que era certo ou esperado para ela. Sustentou a expectativa de ser uma boa mãe, uma boa mulher, uma boa seja lá o que disseram que ela deveria ser boa. Agora, a morte iminente arrancava as ilusões e a obrigação de ter educação ou pudor. Olhou novamente para Rita, aguardando uma reação da filha.

— Vem aqui — pediu, tocando a cama e desejando que se sentasse ao lado oposto ao que Lucas havia se acomodado.

Rita obedeceu mecanicamente, pálida, apavorada, vagarosa. Aproximou-se da ponta da cama, o corpo querendo fugir, a mente dizendo para ficar.

— Eu não sabia... eu... eu...

As palavras não se formavam, as letras se desordenavam antes de chegar à boca. Fugiam, se escondiam, negavam-se a descrever a confusão que tomava cada célula do corpo. Ficou em silêncio, não por preferência, mas por pura incapacidade de balbuciar qualquer som.

— Você está bonita.

Rita esperou alguns segundos até entender que não viria nenhum "mas". Mas o seu cabelo precisa de uma hidratação. Mas as suas unhas estão horríveis, quando foi a última vez que foi ao salão? Mas essa calça clara alarga os seus quadris. Mas como você tem coragem de sair com esse brinco ridículo? Não houve "mas", o elogio não foi seguido de uma fala cruel, de uma observação passivo-agressiva. Parecia que viria, que a pausa era apenas mais uma entre as falas ofegantes. Mas não veio. Rita vasculhou a mente à procura de uma única vez em que recebeu um elogio da mãe, assim, puro, sem mistura, sem sujeiras que o deixassem turvo e intragável. Não encontrou. Nada. Nenhum dia sequer em toda a sua história. Os momentos minimamente divertidos que tiveram não incluíram carinhos, elogios, abraços. Jorge Ben cantando no carro, na volta da escola. As poucas amigas da mãe, sentadas na cozinha, gargalhando e falando em códigos, apresentando à Rita uma mãe que ela não conhecia. Momentos em que a tensão se esvaía um pouco, e ela conseguia ver vida nos olhos constantemente tensos da mãe. Em nenhum deles recebeu um elogio dela, uma demonstração de afeto. Aquilo era novo e assustador.

Não queria romantizar o pedido da mãe, não acreditava que a morte traria um vislumbre dos seus erros e uma vontade inesperada de corrigi-los. Desde o instante em que desligou o celular, repetiu para si mesma, como um mantra, que nada mudaria, a mãe não viraria outra pessoa. Há quem viva e morra agarrado às mesmas convicções, soterrado nos mesmos tropeços. Mas aquele elogio desenterrou as esperanças, alimentou o monstro das ilusões. A menina que um dia foi acordou dentro de si, se animou e sorriu: a mamãe me viu.

— Obrigada, mãe. Como a senhora está?

Mãe. O termo escorregou rápido demais, tão rápido que não houve intenção forte o suficiente para segurar aquela fala. Tantas vezes Rita disse a si mesma que já não tinha mãe, que o significado da palavra "mãe" e o nome da responsável por sua criação não poderiam estar na mesma frase. Mas agora tudo mudara, a mãe estava morrendo, era a "mãe". E, finalmente, enxergava beleza nela.

Queria mais. Ouvir um pedido de perdão, escutar que despertava orgulho. Um reconhecimento mínimo do que viveu, uma demonstração qualquer de arrependimento. Aquele parecia ser o começo de uma reparação, mesmo que tão próximo do fim. O monstro das ilusões não precisa de muito para crescer, se alimenta de migalhas, qualquer sinal descabido. Rita odiava ter dentro de si algo que aceitava tão pouco, mas o ódio era inofensivo e não causava no monstro sequer um arranhão.

Uma careta surgiu no rosto esquelético da mãe, deformando os traços já castigados pela doença. Curvou o tronco magro, soltou um gemido agudo. Marília chamou a cuidadora, o ambiente se agitou. Lucas saiu do quarto, Rita voltou a ficar imóvel, zonza, enjoada, chocada. Aquele era um mal-estar normal? Era comum que as conversas fossem interrompidas assim, inesperadamente? Era a morte fincando o pé, de uma vez por todas, no corpo e na alma, ou apenas um lembrete de que o fim se aproximava?

— Rita, com licença, espere lá fora.

A voz de Marília arrancou Rita do transe, exigindo movimento e atitude. Na primeira vez que presenciou uma crise daquelas, Marília se assustou. Em uma visita ao hospital, viu a mãe se contorcendo de dor. Chorava, gemia, a cena causava arrepios. Com o tempo, aprendeu que aquilo aconteceria cada vez com mais frequência e que a dose de morfina aplicada era a maior possível dentro de uma margem de segurança para o corpo humano. Aos familiares restava, apenas, ficar e mostrar que ela não estava sozinha. Quando a dor começava a se tornar insuportável e os gemidos surgiam, Marília já estava automatizada: confortar a mãe, segurar sua mão, permitir que a enfermeira fizesse seu trabalho e chamar o médico se necessário. Lucas e o pai saíam do ambiente, se desesperavam, se contorciam de agonia tanto quanto a mãe. Então era ela quem ficava e sustentava a própria angústia para amparar a de quem precisava mais.

Naquele instante, quando Rita ficou aterrorizada e imóvel, Marília lembrou que era a primeira vez que a irmã assistia à dor da mãe, o que lhe provocou irritação e rancor. Aquela era sua nova rotina, sua nova vida. Por vezes, os gemidos invadiam os sonhos, transformando--os em pesadelos. E mesmo quando a mãe tinha noites tranquilas, as de Marília nunca eram. Revirava na cama de solteiro, imaginando que, ao acordar, encontraria estendido na cama o corpo gelado e sem vida da mãe. Como se a morte fosse contagiosa, imaginava-se falecida e o filho desesperado, sem ter quem cuidasse dele. Às vezes, sua imaginação fazia que enxergasse o filho morto e ela chorando a mãe e o menino defuntos. As noites eram sempre terríveis, independentemente de como eram os dias.

— Eu posso ajudar, sou profissional de saúde, quero ficar!

Onde estava a profissional de saúde até aquela tarde? Onde estava para revezar as noites, para traduzir os diagnósticos, conversar com a enfermeira, a fisioterapeuta, a oncologista, o radiologista e a imensa equipe que agora fazia parte da rotina de Marília e da mãe? Onde estava? O coração acelerava e Marília queria que Rita e a carteirada que ela acabara de dar desaparecessem sem deixar vestígios.

— Sai!

Rita escutou como uma ofensa séria, um desrespeito à sua história, a tudo que viveu naquela casa. Quem Marília pensava ser para decidir tudo, mandar em tudo, coordenar o que não precisava?

— Ela também é minha mãe!

Marília queria gargalhar. Desde quando Rita lembrava que tinha mãe? Onde estava todo esse cuidado nos últimos dez anos?

— Jura? Pensei que você não tinha família. Sai, não tenho que conversar sobre isso com você agora. E feche a porta.

Gemidos, dor, angústia, porta batendo.

Rita entrou no banheiro. Vomitou e chorou como nunca antes. Sentou-se no chão, o mundo girava rápido demais, a vida acontecia rápido demais, a ordem das coisas estava alterada, ela queria voltar à realidade de antes daquela maldita ligação. Queria ignorar o que estava acontecendo, estar na sala de casa, abraçada a Iuri, com o filho, revendo, pela milésima vez, um dos filmes que adoravam. O que estava fazendo ali? O mal-estar percorria o corpo, de longe escutava os gemidos da mãe. Fazia tempo que concluíra que não a amava, que era indiferente à sua existência. Mas agora, encarando a perda iminente, chorava e sentia dor, sentia medo, chorava e vomitava.

Não sabe exatamente por quanto tempo permaneceu naquele cômodo estreito, escondida, desejando estar em outro lugar. Lavou o rosto, tentou recuperar o fôlego e aparentar alguma normalidade diante do espanto que estava vivendo. Quando saiu, encontrou Marília na cozinha, com um copo de água em uma mão e o celular em outra. Entrou, sentou-se à mesa, de frente para a irmã, reunindo forças para falar o que desejava. Não gostou da forma como foi expulsa do quarto, não aceitava ser humilhada por ninguém.

Lembrou-se das várias sessões de terapia em que remoeu suas dores, das diversas vezes em que ensaiou demonstrar seus limites de frente ao espelho. Várias vezes sonhou em dizer "não", em exigir respeito e delimitar linhas claras que dissessem "daqui você não passa". Prometeu a si mesma que não se calaria, e precisava honrar as promessas feitas. Organizou a frase, a entonação em que as palavras seriam ditas. Não queria brigar nem ofender. Não queria falar nenhuma palavra além das necessárias e essenciais.

— Eu não gostei da forma como você falou comigo. Realmente acredito que eu poderia ajudar.

Conseguiu. Pela primeira vez falou em vez de berrar e xingar, demonstrou o limite, deixou claro que desejava respeito. O coração estava acelerado, a respiração quase parou.

— Ah, você acha que poderia ajudar, Rita? Onde estava a sua vontade de ajudar quando a mãe adoeceu, hein? Onde estava sua vontade de ajudar quando ela caiu no chão se contorcendo de dor pela primeira vez? Eu estava ocupada e ela não tinha pra quem ligar. Me poupe, Rita, me poupe.

A mãe finalmente adormeceu e Marília tinha alguns minutos para falar com o filho pelo celular, tomar um banho, comer sem pressa. Não tinha tempo ou espaço emocional para aquela conversa. Não tinha disposição ou vontade de lidar com os chiliques de Rita, com sua carência infinita, com seu egoísmo insuportável.

— Eu não fazia ideia de que ela estava doente, e você sabe disso.

Rita segurava o grito. Que injusta eram Marília e a sua perfeição inalcançável! Era a filha preferida e sabia disso, esfregava a intimidade e a proximidade com a mãe na sua cara em todas as situações em que tinha oportunidade. Dez anos se passaram desde que se viram pela última vez e nada mudou. Continuava sendo a mesma mulher irritante, impaciente, gratuitamente grosseira.

— Não fazia ideia porque não estava aqui. Porque se dá o direito de sair da família, como se pudesse simplesmente fazer todos nós desaparecermos. Você não sabia por que você foi embora, por que abriu aquela porta e saiu da porra da nossa vida. Não fazer ideia não te exime das suas responsabilidades, Rita, só piora as coisas.

Marília alterava o tom da voz, falava gritando, deixando transbordar o rancor acumulado nos últimos anos. A raiva escorria pelo canto da boca, arrepiava os pelos, arranhava a garganta. Quem Rita pensava que era? Realmente se considerava inocente?

— O que você queria que eu fizesse, Marília? Me conta. Me diz. Queria que eu continuasse aqui sendo o capacho dela? Queria que eu fingisse que ela me aceita ou me ama? Ela nunca gostou de mim, nunca me amou, e eu cansei de esperar que alguém aqui notasse isso.

Rita gritava, não sabia que ainda guardava tanto rancor. A gaveta das dores estava aberta e a mágoa se espalhava dentro dela, toda a dor virava raiva. Ela gritava, e as lágrimas de ódio escorriam. Tremia.

— "Amor"? Você sempre viu televisão demais. Você sabe o que é amor? Quem ama, fica! Você é egoísta, nunca enxergou ninguém além de si mesma. A vida não te deve nada, Rita, a mãe nunca te deveu nada. Você cobra de mais e oferece de menos. Que filha você é, hein? O que você fez por ela? Para de pensar somente em você.

— Gente, calma, que gritaria é essa?

Lucas surgiu na cozinha, tentando acalmar os ânimos, como se aquela não fosse uma situação que o envolvesse. Odiava brigas, gritos, desentendimentos. Já não bastava a dor da situação que estavam vivendo? Não bastava todo o sofrimento que a doença da mãe trazia para a família? Por que perdiam tempo em uma briga tão desnecessária?

— Ah, chegou o filho perfeito querendo nos ensinar como agir. Muito fácil não gostar de briga, bonitão, você nunca precisou brigar por nada!

Marília não suportaria lição de moral do filho queridinho e preguiçoso.

— O que você sabe da minha vida pra vir falar uma merda dessas?

Lucas listava mentalmente as inúmeras dificuldades que viveu e vivia. Relembrava os malditos cinco anos em que a vida quase parou e não conseguia acreditar na injustiça das falas da irmã, na quantidade de ódio que ela parecia sentir dele.

— O que eu sei da sua vida? Eu sei que tudo que você fez e faz nessa casa é maravilhoso, é lindo, é espetacular. Eu sei que você nunca precisou se esforçar pra nada nessa família, porque você era o rei, o grande tesouro. Eu sei o suficiente pra afirmar que a sua vida sempre foi mais fácil que a de qualquer uma aqui!

Marília não conseguia parar de gritar. Estava exausta, triste e desesperançosa. A raiva se transformava em uma bomba que explodia soltando estilhaços. Era ela quem carregava os pais nas costas. Cuidava de todos os detalhes da vida deles, sabia o que faltava ou sobrava na despensa. Era ela quem ligava para os médicos e falava de câncer em todos os momentos em que não estava no trabalho. Ela dedicava horas da vida para que a família permanecesse de pé. Era ela quem estava dormindo numa maldita cama de solteiro no quarto em que cresceu. Não tinha paciência para aqueles dois.

— Preferido? Era com você que ela vivia cheia de segredos. Ela ficou doente e foi pra você que ela ligou primeiro. Eu nunca fui a primeira opção!

Lucas não se considerava o preferido, apesar de toda a atenção que recebia. Foi o primeiro filho e abriu mão de atenção e espaço pelas irmãs. Mas a voz de Rita interrompeu seus pensamentos:

— Sabe o que eu sei? Que eu nunca pude participar dessa merda de disputa, porque sempre fui a pior, a que fazia tudo errado e a que pede demais desde que chegou na porra dessa família. Sinto muito se não tenho pena de vocês. Vocês sempre tiveram uma vida fácil, quase não apanharam, nunca deram desgosto. Vocês sempre reclamaram de barriga cheia. Vão à merda!

Aquela discussão despedaçava Rita, mexia nas suas feridas infantis e nas suas inseguranças adultas. Era uma afronta que qualquer um dos irmãos falasse sobre sofrimento na infância. Foi ela quem sofreu, ela era humilhada e magoada por qualquer motivo tolo. Era ela quem escutava, desde bebê, que era uma pessoa difícil. Como eles ousavam achar que sofreram, como se negavam a reconhecer os privilégios que tinham dentro da família?

As histórias do bebê que chorava demais eram contadas com frequência. Aquela era Rita, reclamona desde que nasceu. Chorava por horas seguidas, todo dia a mesma coisa. Ninguém sabia como acudir. Tentavam o colo, experimentaram deixar chorando sozinha no quarto. Mas ela acordava os irmãos, e a emenda era pior que o soneto. A mãe era obrigada a passar a noite andando pela casa, com a menina berrando nos braços. Por algum tempo, as visitas ao pediatra eram frequentes. A energia da família era dedicada a descobrir como um ser tão pequeno podia demandar tanto. Os irmãos nunca choraram assim, não reclamavam daquele jeito, eles aceitavam o que a mãe podia dar. Ah, essa Rita! Sempre quis mais que do que merecia ter.

— Ai, Rita, menos... Você nunca foi fácil!

A mãe sempre teve motivos para agir como agia, e Marília tinha certeza disso. Sim, às vezes exagerava, passava do ponto, mas Rita provocava, tirava do eixo. Era questionadora e excessivamente irritante.

— Eu nunca fui fácil? Ser fácil é puxar o saco o tempo inteiro, como você? Ninguém te obriga a fazer tudo o que a mãe quer, você é que escolhe fazer isso. Você é burra o suficiente pra viver em função dos outros e ficar cheia de raiva e amarga por isso. Você sempre foi igual a ela, vocês se merecem! E você, Lucas? Acha que peço demais? Também acha que sou eu a errada? Fala, me diz! Aproveita que estamos nesse lindo momento de harmonia familiar e se posiciona! Fala o que pensa, porra!

Muitas vezes Rita imaginou o que faria se pudesse confrontar o irmão em sua covardia. Quais palavras usaria? De que forma diria que o silêncio dele sempre a magoou? Encarava o rosto surpreso com a pergunta e queria bater nele, dizer que ele era um imbecil, que nunca cuidou bem da confiança que ela ofertou, era um inútil, como Marília dizia. Pelo menos nisso elas podiam concordar.

Lucas permaneceu em silêncio, não sabia o que ou como falar, tinha a impressão de que qualquer palavra o prejudicaria, destruiria de vez a relação com a única irmã que gostava dele, que sempre o amou sem pedir nada em troca.

— Eu nunca disse isso, Rita.

— Você nunca diz nada sobre esse assunto, Lucas, nunca. Você sempre assistiu a tudo calado, sempre preferiu fingir que não estava vendo. Eu tô esperando você me dizer o que pensa. Diz, infeliz, diz! Fala!

O silêncio era inadmissível, não encontraria lugar entre eles. Não ali, naquele momento. Rita não queria um amor silencioso, que cruzava os braços e se eximia da responsabilidade de agir. Ele não sairia dessa ileso, calado. Teria que falar e se posicionar. Ela gritaria o quanto fosse necessário, até que a voz estridente tornasse a calmaria de Lucas insustentável e as palavras saíssem, nem que ela tivesse que arrancá-las a fórceps.

— O que você quer que eu fale? O que você esperava que eu fizesse? Queria que eu escolhesse entre você e a minha mãe? Eu não sou capaz de fazer essa escolha!

Lucas falou alto, mas continuava não dizendo o que pensava ou sentia, e isso irritava Rita ainda mais. Era o livro fechado e trancado que sempre foi, desviando da conversa, escorregadio, um frouxo.

— Ah, você não é capaz de fazer essa escolha? Você sempre fez! Cada vez que ficou calado, que fingiu não ver as humilhações que ela me fazia, cada vez que você saiu de casa pra não ouvir enquanto ela gritava comigo você fazia uma escolha! Mas você não escolhia ela, escolhia continuar com a vida do mesmo jeito, escolhia o conforto de não se posicionar. Você só escolhia a si mesmo. Covarde e egoísta!

— Egoísta, Rita? — Lucas não suportava escutar aquilo, não admitiria ser chamado assim quando foi ela quem se afastou e pensou só nela mesma. — Foi você quem se afastou e não respondeu as minhas mensagens. Você não foi ao meu casamento e nunca me deixou conhecer o meu sobrinho! Você é a rainha do egoísmo, Rita, você!

Rita batia palmas, chorando e rindo, misturando a tristeza pelo que estava escutando com o prazer masoquista de ter confirmadas as suas hipóteses. Queria que Lucas se escutasse e assumisse ser o covarde que acreditava que ela devia engolir as próprias necessidades em nome dos outros. Ela foi egoísta porque, pela primeira vez, priorizara a si mesma. Ele nunca se manifestara, nem tinha intenção. Mas ela precisava aceitar a passividade dele se quisesse tê-lo por perto.

— Aí está você! Me acha egoísta porque não aceitei as migalhas que você chama de amor? Porque não entendi seu lado como sempre fiz? Para de fingir que você não pode fazer nada. Você escolhe deixar a sua vida mais fácil, não importa quanto isso custe a quem está ao seu redor!

— Ah, nisso a gente tem que concordar! — Marília interrompeu a reação que Lucas esboçava, deixando claro que o considerava tão egoísta quando Rita afirmava. Não perderia a oportunidade de escancarar o rancor que sentia do amor fácil que o irmão sempre recebeu, da atenção garantida, da certeza de um espaço de honra na família.

Nenhum dos três chegou a pensar que eram adultos brigando como se fossem crianças pequenas, remoendo dores antigas e já esgarçadas pelo passar dos anos. Talvez cada um tivesse razão em pensar como pensava, em sentir como sentia. Mas, cada um dos irmãos, imerso nos próprios motivos, não conseguia escutar ou entender os dos demais. Brigariam durante horas se a enfermeira não aparecesse inesperadamente, pedindo silêncio e informando que tinha notícias importantes.

— A mãe de vocês está com um quadro particularmente pior hoje. Acabei de checar os sinais vitais e ligar para a dra. Liana, que está a caminho. Dona Maria Lúcia estava com muita dor, e optamos por sedá--la. Infelizmente, não acreditamos que ela permaneça muito tempo entre nós. Não posso afirmar o quanto ela está consciente, mas, se me permitem dar um conselho, aproveitem a oportunidade para se despedir. O pai de vocês está no quarto, e acho que um por vez pode entrar, assim que ele sair. Com licença.

Silêncio.

Os corações rancorosos e feridos foram abalados de forma brutal. Ninguém tinha força ou vontade de brigar. Marília se sentou na cadeira, o corpo estava pesado demais e, sozinhas, as pernas não conseguiam sustentá-lo. As emoções borbulhavam, e ela sentia dor e alívio, e dor por sentir alívio. Estava exausta. Aquela notícia era um sinal de que a vida poderia voltar a ser normal, não seria engolida por exames, termos médicos de difícil compreensão e gemidos aterrorizantes dia e noite. Queria sentir só tristeza, mas sentia culpa por ir além dela. Queria dizer que aguentaria a cama de solteiro, as reclamações do filho, a ausência de espaço para ter uma vida própria, tudo em nome do amor pela mãe. Mas o cansaço corroía as suas boas intenções e causava enxaquecas insuportáveis. Finalmente, depois de muito tempo, voltaria ao apartamento, abriria a grande porta de madeira, sentaria no sofá confortável e aproveitaria a paz de quem não é lembrado da fragilidade humana várias vezes ao dia.

Lucas se recusava a acreditar que aquilo era verdade, mas também sentia alívio pela certeza de que era. Tinha a sensação de que perdera a mãe havia um mês, quando a doença piorou consideravelmente e nenhum medicamento foi capaz de mantê-la sem gemidos agonizantes por mais de vinte e quatro horas. Não podia dizer que, no fundo, queria que o desfecho acontecesse rapidamente, porque o desejo estava no raso, na superfície, na espuma das próprias emoções. A vontade era acordar do pesadelo e sair da quase morte. Era a morte, o fim, e não havia negação ou falsa esperança que mudasse isso.

— Vocês se importam se eu for a primeira a me despedir dela?

A voz de Rita saiu embargada, desentalando a angústia que a notícia trouxe. Entrara na casa duas horas antes, sem ter qualquer noção do verdadeiro estado de saúde da mãe. Agora precisava se despedir dela, depois de escutar um elogio, pela primeira vez em seus 35 anos. Não teve tempo para descobrir por que a mãe quis vê-la, se ela pensou nos erros e queria uma oportunidade para repartá-los antes de morrer. Não teve tempo de falar da dor que guardava e da vontade de ser amada que ainda existia, mesmo que jamais tivesse coragem de assumir. Queria se despedir e ir para casa, abraçar o filho, deitar no colo de Iuri e chorar.

Marília deu de ombros, Lucas sussurrou um "Tudo bem".

Rita andou com esforço até o quarto e mirou a porta, esperando que se abrisse. Instantes depois, o pai saiu e tomou a direção da rua. Não disse uma palavra, queria se esconder da morte, da despedida e da dor. Rita entrou e, a sós com a mãe, pôde observá-la como fizera apenas na infância. Olhou cada detalhe do corpo franzino, das mãos magras, da boca escura e carnuda. Será que a mulher que disse que a achava bonita ainda estava ali? Ou disse e se foi, de imediato, sem tempo de conversar e refletir? Parecia infantil se apegar a um elogio sobre a aparência, mas a fala da mãe significava mais. A aparência de Rita era atacada e ofendida quando a raiva da mãe surgia. Nos seus cabelos, pele, roupas, quadris e barriga pesavam os esforços para encaixá-la em fôrmas apertadas e mesquinhas. Ela sabia que "Essa roupa está ridícula" queria dizer "Você é inadequada e me envergonha, eu não queria te ver". Será que o elogio significava "Eu finalmente te aceito e quero que você exista"? Não queria acreditar que tinha sido apenas um gesto de educação, algo que se diz a alguém com quem se cruza no elevador. A mãe não era dada a cumprimento protocolares vazios. O que será que a proximidade da morte tinha mobilizado?

Entrou na casa com a ilusão de que encontraria respostas, mas acrescentou ainda mais dúvidas e perguntas à própria história. A mulher deitada na cama, de olhos fechados, se despedindo da vida, levaria consigo as respostas que Rita desejava e jamais teria. Precisaria aprender a conviver com os questionamentos, o emaranhado de não saberes que formavam quem era. Teria que construir as próprias certezas e definições em um alicerce mais firme que o desejo do outro.

Segurou as mãos da mãe, estavam frias e enrijecidas, como se a vida já tivesse se despedido. As palavras fugiam. Optou por ficar um tempo em silêncio, esperando que a agitação interna aliviasse e a dor decantasse, de forma a encontrar o essencial a ser falado. As lágrimas pingavam na roupa, e ela não soltava a mão da mãe para enxugá-las. Era a primeira vez que chorava livremente ao lado da mãe e não recebia um tapa, um grito, uma reprimenda. Eram só ela, a mãe e o choro. Inclinou o corpo e colocou a cabeça no colo materno, apoiando as mãos dela nos cabelos, simulando um cafuné, um "Vai ficar tudo bem, minha filha". Não saberia dizer quantos minutos ficou naquela posição nem justificar seu gesto. Apenas permaneceu ali, até que sentiu que precisava ir para casa receber um colo quente e voluntário.

Reergueu o corpo, e palavras surgiram sem que precisasse pensar.

— Eu nunca quis acabar com a sua vida, mãe. Eu nunca quis te prejudicar ou te fazer infeliz. Eu só queria que você me amasse, e queria isso mais que qualquer coisa na vida. Passei a vida inteira tentando entender quem eu deveria ser pra você me amar, mas todas as minhas tentativas te feriam mais e eu nunca acertava, por mais que tentasse acertar. E eu tentava, eu tentava tanto, mesmo quando não parecia, eu estava sempre tentando. Eu queria que a gente fosse feliz, e que eu pudesse passar por essa porta e me deitar no seu colo e falar sobre a vida e a gente sorrir juntas e você me contar histórias que você viveu. Eu queria ser sua amiga e saber que podia contar com você e escutar os seus conselhos e sentir o seu amor, mas eu nunca senti. Eu queria ter contado, naquele Natal, que eu estava grávida, que seu primeiro neto viria ao mundo, e falar sobre enxoval e nomes e médicos e parto e sonhar ao seu lado e te ver emocionada. Eu queria que você tivesse visto seu neto crescer e que ele me pedisse pra vir pra casa da vovó e eu pudesse ligar e falar "Mãe, tô indo".

"Ele tem o seu jeito de dormir, com as mãos juntinhas embaixo do rosto. A gargalhada dele tem o mesmo som que a sua, e ele gargalha o tempo inteiro. A boca tem a mesma cor da sua e diz as palavras doces e bonitas que você nunca me falou. Desculpa, mãe, eu queria te amar, e só te amar, mas eu te odeio tanto! Será que era isso que você sentia também? Que queria só me amar, mas me odiava, e as duas coisas se misturavam? Será que aprendi a te amar e te odiar vendo você me amar e odiar? Agora já não importa, você está morrendo. Eu vou continuar sem saber e cheia de quereres que nunca serão atendidos. Mas eu ganhei quereres novos, que vão além de você. Também ganhei colo, amor, parceria e tudo o que eu sei que também te faltou. Então, eu sinto raiva, pena e tristeza e uma coisa sem sentido, que só consigo chamar de 'amor'. Adeus, mãe. Acho que você me esperou, né? Me esperou chegar pra morrer, como aquela senhora da história que você contava quando eu era criança. Eu queria que a nossa história fosse diferente. Eu acho que você também queria que a nossa história fosse diferente. Mas não deu..."

A voz foi interrompida por soluços e por um choro forte, que fazia o corpo inteiro balançar. Não podia ficar um minuto a mais ali. Não conseguia esperar a morte se instalar de vez, não conseguia respirar, falar ou sentir. Levantou-se, encontrou os irmãos na cozinha e pediu que a mantivessem informada. Abriu a porta da sala, atravessou a varanda, depois a rua, entrou no carro e voltou a chorar. Não sabia como chegaria em casa, não tinha certeza se era capaz de dirigir, de lembrar o caminho, dar ordens às pernas e braços e garantir que eles a obedeceriam. Ela girava, atordoada e perdida. De quanto tempo precisaria para digerir a briga com os irmãos, o abraço do pai, a despedida da mãe? Ligou o carro, escolheu a playlist com as melhores da Marrom e deixou a voz poderosa da artista tomar o espaço, como várias vezes aconteceu quando criança, cantando com a mãe. Era uma homenagem, a única que dava conta de fazer.

Na cozinha, Lucas e Marília continuavam sentados, em silêncio. Lucas não queria entrar no quarto, falar com a mãe, estar lá quando o último suspiro acontecesse. Queria fugir, aparecer um mês depois, sem corpo, morte ou enterro.

— Eu vou pra casa. Me liga se algo acontecer?

— Não vai se despedir dela?

— Ela não está mais ali, Marília.

— Você é inacreditável...

Ele pegou as chaves do carro e o celular, e seguiu sem olhar na direção do quarto. Marília se alojou ao lado da cama da mãe, segurou a mão dela e disse que não a abandonaria jamais. Somos só nós duas, mãe, como sempre foi. Ficou ali, por mais duas horas e meia, até que a rigidez dos dedos e a frieza das mãos se espalharam por todo o corpo de Maria Lúcia. Soltou um urro de dor e tristeza, e chorou por alguns poucos minutos. Talvez mais tarde se entregasse ao luto, mas não naquele instante, em que tanto ainda precisaria ser resolvido.

Enxugou as lágrimas e caminhou até o guarda-roupa. Pegou um pequeno baú de madeira envelhecida e o abriu, sem saber exatamente o que iria encontrar. Prometera à mãe que só o abriria após a morte, e assim o fez A mãe deixara um pequeno pacote para cada filho, além de um planejamento detalhado do próprio funeral. Maria Lúcia Soares nunca organizou festa para os seus aniversários, nunca comemorou os acontecimentos da própria vida. Viveu ano após ano como deveria viver. Se a De Jesus comemorava algo, a Soares já não lembrava. Mas com a morte seria diferente, ela tomaria as rédeas da despedida e faria dos rituais fúnebres a sua primeira e única celebração.

9. Recomeços

O corpo dolorido, os olhos pesados e a insistente vontade de voltar para a cama não mentiam. Marília não era íntima da ressaca porque não era dada a perder o controle. Sabia a quantidade exata de vinho que suportava e parava antes que perdesse o domínio sobre as próprias atitudes. A primeira e única ressaca que teve foi no começo da faculdade, quando viajou com uma amiga. Como estava distante da família, deu folga à sua versão responsável e prudente e deixou que seu lado desvairado e sedento de vida guiasse a diversão. Entrou na boate pedindo cerveja, passou para tequila, dançou sozinha na pista, beijou um cara sem perguntar o nome, transou no banheiro, bebeu vodca e perdeu as sandálias novas. Voltou para casa ao amanhecer, arrastada pela amiga e se lembrando de muito pouco da noite anterior. Jurou que nunca mais ficaria daquele jeito, jamais se permitiria perder o controle e acordar desnorteada sem saber explicar o que, como e por que fez o que fez. A partir dali, enrijeceu os próprios padrões. Passou a se controlar mais do que nunca.

Além da ressaca, não havia experiência que se assemelhasse ao que estava vivendo agora. O enjoo, o dia anterior como cenas imprecisas, a dor de cabeça e o cansaço insuportável. A vontade de voltar no tempo e apagar cada detalhe. Apesar de todo o esforço para determinar o que podia ou não acontecer, a vida mostrava que é indomável. Dá reviravoltas e é rebelde como as ondas do mar. Como podia começar o dia sem ela?

Na infância, o dia começava com a bênção da mãe, que já estava na cozinha quando ela acordava. Tinha cheiro de café e ovo mexido. Quando saiu de casa, após o casamento, o ritual passou a ser feito pelo telefone, e foi doloroso se adaptar à mudança. Às vezes, ligava quando estava preparando o café da manhã, para lembrar ao corpo como era ser abençoada com os quatro sentidos. Quando não dava tempo, telefonava do carro, a caminho da empresa. Raramente esquecia, era hábito sedimentado, internalizado. Era assim que o dia começava.

Quando a mãe adoeceu e Marília voltou a dormir no quarto ao lado, a bênção, durante alguns dias, voltou a ter cheiro de café passado no coador, feito pela mãe. Depois, o cansaço era grande, a dor era maior, e Marília acordava cedo para fazer o café e levar na cama, junto do pedido de "A bênção, minha mãe". No último dia de vida da mãe, ela não sabia que as mãos fracas a abençoavam pela última vez, que a voz rouca e as palavras ditas entre longas pausas seriam uma despedida. Era uma bênção para a vida toda, esticada, que tinha de durar até que chegasse a vez dela, Marília, se despedir da vida e não precisar mais de bênção alguma.

Mas, agora, não havia jeito de ser abençoada pela mãe. Não havia café aromatizando o ritual. Não havia "Deus te abençoe, minha filha". Teria que acreditar na perenidade da última bênção, no olhar que viria de outro plano. Por ora, não conseguia pensar na mãe em outro lugar que não ao lado dela, viva, reclamando do pai, caminhando pela casa perguntando pelas tampas dos potes, preparando bolo de chocolate porque era o preferido do neto. Levantou da cama e escutou Sérgio e o filho conversando na sala. Demorou a entender que o ex-marido tinha dormido no quarto do menino, disponível para alguma eventual necessidade. Ressaca, mar revolto, vontade de serenar.

Quis colocar o maiô e nadar até que os braços e o corpo se diluíssem com a água, até que ela mesma se tornasse uma piscina morna e branda. Mas não tinha forças. Caminhou até o chuveiro, relembrando a despedida planejada da mãe. Como alguém concebe o próprio funeral? De que forma escolhe músicas, comida, bebida, tipo e cor das flores, duração e local? Quais critérios a mãe utilizou para decidir quem estaria na lista de convidados? Afora a dor da perda, Marília precisou lidar com a estranheza do último desejo materno, que subverteu a lógica das despedidas comuns. Além de lidar com o próprio estranhamento, careceu defender cada detalhe diante da família. Não era uma opção não atender ao que estava descrito. Caso não aceitassem, tomaria a liberdade de riscar o nome deles da lista de convidados.

No caderninho branco que encontrou na caixa de madeira, a mãe pedia que houvesse música boa em sua despedida. Não queria que nada fizesse o fim parecer trágico ou indevido. O samba devia tornar os ouvidos que estivessem ali, lembrando que o show tem que continuar, que a morte é apenas uma parte da vida. Desejava que o adeus fosse para os íntimos, como a chegada — alguns poucos amigos, o marido, o filho e as filhas, os genros e a nora. Nada de conhecidos que nunca a visitaram ou enviaram uma mensagem de cuidado e preocupação. Não queria conversas vazias sobre quem era. De falsos amores viveu a vida, não os manteria na morte. Desejava que o funeral não fosse demorado, odiava a ideia de alguém sendo obrigado a varar a noite ao seu lado, torcia que morresse pela manhã e que tudo conseguisse ser encerrado até o final do dia. No caso de isso não ser possível, que o corpo fosse enterrado nos primeiros horários da manhã. Enterrado no chão, que não o trancassem em uma gaveta — tinha dinheiro para pagar uma cova em um belo jardim. Escolheu o cemitério, fez as contas de quanto precisavam, deixou os telefones dos responsáveis.

Pediu que não faltasse comida, um bom vinho, suco de fruta, refrigerante. Queria salgados de qualidade, brigadeiro, beijinho e cachorro-quente. Marília tinha boas lembranças das noites em que jantavam cachorro-quente e jogavam o Jogo da Vida em família, e tinha certeza de que aquele era um pedido para acarinhar os filhos e evocar exatamente os sentimentos nostálgicos e felizes que estava sentindo. Escolheu ser enterrada com um vestido azul-claro, de saia rodada, que nunca tinha usado. Encomendou-o lembrando-se de quando era criança e rodopiava para ver o vestido abrir, se encher de ar, virar grande guarda-chuva. E, já que estava de vestido rodado, queria os pés livres.

Por muitos anos foi oprimida pelos sapatos que apertavam os dedos tortos. Tinha vergonha dos pés e vivia escondendo calos e deformações, mas estaria morta e não cabia se importar com o olhar atravessado de ninguém. Os pés eram feios e eram seus, e não ficariam apertados até virarem apenas osso. Pensou em usar os cabelos crespos tão soltos e livres quanto os pés, uma nuvem acinzentada que carregaria com orgulho pelo menos uma vez na vida. Não queria maquiagem, nem brincos que puxassem as orelhas. Que a enfeitassem com flores amarelas e brancas, mais amarelas que brancas, porque sempre achou que essas cores lhe caíam bem.

Marília atendeu desejo por desejo, não informou a morte para ninguém além dos listados pela mãe, passou na padaria recomendada para comprar os salgados, fez ela mesma o cachorro-quente. Delegou alguns poucos detalhes para os irmãos, cuidou de tudo que julgava extremamente importante. Após o enterro, passou o resto do dia com o pai, Lucas e Rita, compartilhando um silêncio incômodo, uma angústia sem nome. No final da tarde, juntou as roupas e os pertences que estavam no quarto, fez uma mala e partiu para casa. Sérgio levaria o filho e ela se apegaria aos motivos para continuar vivendo. Seria mãe de si mesma e do menino, não precisaria ser o híbrido de filha e mãe da mãe, o mutante que aprendeu a ser desde muito nova e que guiava os seus dias. Mas, sem a mãe como um farol, a vida estava tomada por sombras.

Perdeu a mãe, mas tinha a sensação de que tinha perdido a família inteira, tudo o que existia para além do filho — ter só ele era pouco. A mágoa que guardava dos irmãos havia tanto tempo já fazia parte de si mesma, era quase um órgão autônomo. Tinha coração, pulmões, rins e mágoa. Mas agora nenhum dos seus órgãos parecia funcionar bem, estava dolorida, perdida e angustiada. Sentiu o estômago revirar. Não lembrava a última vez que havia comido algo. Não comia desde a morte. Se tinha comido algo, não se recordava. Entrou no banho e deixou que a água escorresse pelo corpo. Queria chorar ali, como fez tantas vezes, mas as lágrimas não vinham. Por que toda aquela dor não se transformava em choro? Parte dela queria desaguar, chorar e se revoltar com a perda, com os últimos dois meses, com aquela doença maldita. Xingar, se revoltar contra Deus e contra o mundo. A outra parte desejava apenas seguir em frente. Essa, que na queda de braço com a outra normalmente era a parte vencedora, tinha medo de se permitir sentir. Era ela quem criava as barragens, quem erguia os muros, quem se isolava e se afastava do mundo. E a ela Marília creditava continuar viva e inteira.

Saiu do banho e procurou na bolsa o pequeno pacote deixado pela mãe. Os preparativos do funeral foram tão intensos e angustiantes que não encontrou espaço para ver o conteúdo do embrulho de papel pardo. Dentro dele, encontrou um delicado colar de ouro com um pingente em formato de gota. Marília se lembrava daquele colar, de como ficava bonito no colo materno. Era uma das joias preferidas da mãe, e Marília tinha ouvido-a contar a história dele algumas vezes. Tinha sido comprado em Paris, na primeira viagem internacional que fizera. Os Soares ainda eram um casal sem filhos e, para a menina pobre e sonhadora que fora, aquele era um sonho que sequer conseguia assumir. Presente do pai no último dia de viagem, o colar tinha o mesmo encanto e luxo das luzes da cidade à noite — a mesma beleza da pedra brilhante na pele escura.

Ao escutar essa história, a Marília menina imaginava o romantismo da situação, os pais muito diferentes dos que conhecia, sorridentes e apaixonados, explorando a noite parisiense, trocando beijos e juras de amor. Imaginava que um dia viveria algo assim, que cresceria e se apaixonaria por alguém que não deixaria o amor morrer porque os filhos chegaram, o trabalho era difícil ou a vida não era como os planos. Ela encontraria um amor que esticasse o encanto de uma noite para todos os dias.

Talvez não fosse tão romântica, e gostava mesmo era da forma como os olhos da mãe brilhavam ao tocar naquele colar, da voz que se suavizava ao relembrar dos detalhes daquela viagem, do tempo que ela ficava em silêncio, se admirando no espelho. Era especial saber que a mãe escolheu sua joia preferida e a destinou para ela. Não deixou margem para discussão em família, não permitiu que fosse colocada em risco a certeza de que ocupava um lugar especial no seu coração. Se Lucas usasse joias como aquela, será que a mãe tomaria essa decisão? Não quis pensar. Ficaria ali, com a certeza de que a joia preferida foi dada a ela, a filha mais dedicada — era um amor, um presente e um troféu.

Marília pôs o colar no pescoço e caminhou até o espelho, nua. Portava apenas o presente da mãe, a memória de dias felizes, o sentimento da menina tomando a mulher. Ao mirar o reflexo, tocou o colar com o mesmo jeito saudosista da mãe e sentiu os olhos queimarem como fogo. As lágrimas que tentou represar vieram com uma intensidade imensa, e não conseguia, nem desejava, mais contê-las. Chorou, urrou, queria a mãe. A gota brilhante da joia puxou de dentro dela todas as gotas que não conseguira derramar. Estava mergulhada, imersa, era oceano. Chorou como talvez nunca tenha feito na vida. Soluçou, permitiu que todos os tremores a tomassem. Deixou que o corpo sentisse a dor, a saudade, a frustração, a fome, o cansaço, o medo, a desesperança e a angústia. Foi tomada pelo luto, sequestrada por suas emoções. Não se oporia a nenhuma delas.

A porta do quarto se abriu e ela nem notou. Sérgio escutara o choro. Em seus doze anos de casamento, jamais tinha ouvido aquilo. Encontrou Marília deitada na cama, encolhida como um bebê, chorando desesperadamente. Quis se aproximar, abraçá-la e falar que estava ali. Mas não eram um casal havia dois anos, não cabia abraçá-la nua. Dizer que estava ali, talvez, não fosse exatamente algo consolador. Além disso, desconfiava que, ao ser vista exposta, vulnerável e sensível, Marília juntaria as energias para se mostrar forte e imbatível. Foi fechando suavemente a porta, deixando que a ex--mulher se encontrasse com a própria dor.

Marília viu a porta se fechar, sentiu a solidão invadir cada pedaço do corpo, gelando os pulmões. Não queria ficar sozinha, precisava de um carinho nos cabelos, um beijo na testa, um abraço que ofertasse o calor que não conseguia produzir. Não fugiria da dor, mas não queria encará-la desacompanhada.

— Fica.

A porta se abriu novamente. Sérgio caminhou até a cama, estendeu o edredom sobre o corpo dela, a abraçou forte, beijou carinhosamente um pedaço do ombro que não estava coberto pelas tranças. O choro ganhou força, a barragem se rompeu, nada continuaria de pé.

Na sala, o menino assistia a *Ninjago*. Seu primo, na casa de sua tia Rita também. Mas um não sabia da existência do outro.

• • •

O barulho do desenho animado na sala enervava Rita. E também o cachorro latindo, o calor, o sutiã apertado, o enjoo insuportável que sentia no começo da manhã. Tudo a aborrecia, azucrinava as ideias, despertava o desejo de se esconder e sumir. Há menos de uma semana, a vida estava nos trilhos, as decisões tomadas eram firmes, mas agora tudo mudara de lugar. As certezas derreteram como uma vela acesa por tempo demais. Sentia um rebuliço por dentro, uma agonia que não dava sossego e atrapalhava o ar entrar e sair. As lembranças dos últimos dias iam e voltavam na mente, em um incômodo revezamento com memórias da infância. Reencontrar os irmãos, brigar com eles, rever a mãe, despedir-se dela, tão diferente, em um caixão. As falas duras da infância, as críticas, os tapas, "Você está bonita". Tudo girava na cabeça.

As últimas 48 horas foram intensas, transformadoras. Quando saiu da casa da mãe, dirigiu sem destino por um tempo, errando as ruas, desobedecendo as regras de trânsito. Freando segundos antes de colidir com o carro da frente. Tinha fugido do passado, da dor, do aprisionamento de ser a Rita que convivia com a família. Mas não conseguira correr o suficiente, e a história a alcançou. Aquela Rita era, também, parte dela, e não havia como arrancar um pedaço seu assim. Dirigiu até quase chegar aos limites da cidade, para se afastar, se afastar e se afastar, até que desistiu e voltou. Entrou em casa, abraçou Iuri com força e, antes que pudesse tentar resumir os acontecimentos recentes, o telefone tocou e a voz de Marília anunciou:

— A mãe morreu, deixou uma lista de como deseja que as coisas aconteçam. Preciso que você volte, com urgência. Você disse que poderia ajudar.

Não achou que aquela notícia faria tanta diferença na própria vida, que aquela dor poderia doer tanto. Havia dez anos não ligava para a mãe, não fazia planos com ela, não a encontrava. Dez anos em que uma não fazia parte da vida da outra. Se fosse possível ser apenas racional, veria que não faziam sentido aquela fraqueza nas pernas, a dor no coração, o aperto no peito. Quantas vezes disse que tinha a sensação de ter perdido toda a família em um acidente grave? Quantas vezes afirmou que, para ela, a mãe tinha morrido? Aquela morte fora devidamente pranteada. Mas não há racionalidade que se imponha em momentos assim. Sentiria falta do que não tinham e nunca tiveram, sentiria falta do que poderiam ter. Não interessava há quantos anos abençoava a si mesma ou se chorava uma dor que já consumira muitas das suas lágrimas. Estava sem chão, e isso era tudo.

Voltou à casa da mãe — ainda poderia chamar o lugar assim? Obedeceu as ordens de Marília sem questionar: fez as ligações necessárias e cuidou das burocracias. Até o último instante possível, evitou se aproximar do corpo. Quando foi inevitável encará-lo, chocou-se com o que viu: a mulher naquele caixão não poderia ser a mãe que conhecia. Os cabelos soltos, o vestido rodado de cor calma, os pés descalços. A magreza do rosto não era tão incomum quanto a serenidade que o conjunto aparentava. Vasculhou na mente algum momento em que a vira de cabelos soltos, sem alisamentos ou prendedores. Não encontrou nenhum. Aqueles pés não ficavam descalços nem na praia. Ela se indagava sobre quem era aquela mulher, que parecia querer sair daquela caixa de madeira e dançar um samba no meio do salão. Será que a proximidade da morte apresentou aquela mulher à mãe? Ou será que a mãe tentou sufocá-la até quase desaparecer?

Fazia alguma diferença encontrar respostas para essas perguntas? Não queria pensar nelas. O melhor seria esquecer as dúvidas, o enterro, o dia com o pai e os irmãos, a esperança, tudo. Sentiu vontade de transformar todas as angústias em um único embolado de coisas doloridas e sumir com todas elas. Teve vontade de pedir, pela milésima vez, que o filho baixasse o volume da TV, mas lembrou que o volume mais incômodo era o das vozes que ecoavam em sua mente, dos pensamentos acelerados, e esse ela não conseguia baixar.

O pequeno embrulho deixado pela mãe estava na cabeceira da cama, e ela ainda não havia reunido forças para abri-lo. O medo de ser magoada a fez acreditar que algo ali poderia apagar a última frase da mãe para ela. Queria ficar com a afirmação de que era bonita. No pacote poderia encontrar o "mas", vindo com atraso.

Pegou a embalagem de papel pardo e saiu do quarto rumo ao quintal. Precisava de ar, de espaço, de barulho de folhas sendo sacudidas pelo vento. Sentou-se embaixo da goiabeira que plantou com Iuri quando se mudaram e deixou que sua sombra abraçasse seus medos e anseios. Fechou os olhos para lembrar: era maior que qualquer coisa que pudesse ser despertada pelo pequeno presente. Abriu o papel com cuidado e encontrou uma caixa de joias e um bilhete. As mãos tremiam, e ela não conseguia decidir qual dos dois abriria primeiro. Os dedos ficaram gelados, a pele arrepiada, a mente confusa. Nada ali podia ser pior que o vivido na infância, nenhuma frase poderia doer mais que a dor já suportada. *Não precisa de tanto medo*, repetia internamente, como um mantra. Mas de nada adiantava. O medo não escuta frases ditas da boca para fora: é astuto, escuta o que não é dito, se alimenta das palavras engolidas, das lágrimas não derramadas.

Abriu primeiro a caixa. Um par de brincos de ouro, duas bolas de ouro com pequenas pétalas esculpidas, recém-polidas, estava cuidadosamente arrumado na caixinha. Os brincos que Rita tanto amava e que combinavam com a beleza da mãe. Aqueles que lhe renderam palavras duras e mágoas profundas, que nunca puderam ser usados por ela. Eles agora eram seus. O que o gesto significava? "Toma, minha filha, o brinco que você sempre quis e que eu nunca consegui te dar, como símbolo do amor que você sempre precisou e que eu também nunca consegui ofertar." Rita olhava para a caixinha, passava os dedos nas reentrâncias da joia, pensava no que sua versão menina e adolescente fariam se soubessem que um dia receberiam aquele brinco de presente.

Um grito de dor e raiva escapou, trazendo consigo uma tempestade. Rita chorava, olhava para o céu e perguntava por que só agora, por que só depois da morte, por que nunca antes, nem o amor, nem os brincos, nem o elogio. Por que para ela sempre foram direcionados as críticas, o rancor, o desprezo? Merecia mais, merecia os brincos emprestados com amor. Merecia palmas e lágrimas nas apresentações da escola. E também paciência e carinho. Ela queria usar os brincos e escutar da mãe que estava bonita. Queria o que não teria, e a certeza da impossibilidade de ter seus desejos atendidos tornava tudo ainda pior.

Quase se esqueceu do bilhete quando o sentiu balançar na mão, sacudido pelo vento. Em um pedaço de papel branco, as letras desenhadas pela mãe lembravam uma carta escrita com caneta de pena em filmes de época. Assim como nunca vira a mãe de cabelos naturais soltos e pés descalços, jamais recebera dela uma carta ou um bilhete. Na época da escola, uma das colegas mais próximas era surpreendida por bilhetinhos amorosos todos os dias, dentro da lancheira. "Te amo, minha filha. Que seu dia seja lindo e essa maçã esteja tão gostosa quanto as suas gargalhadas. Beijos da mamãe." Um dia, entrou em casa e perguntou por que a mãe nunca lhe escrevia bilhetes.

— Por que eu escreveria algo pra você? Se quiser dizer algo pra você, eu falo. De onde você tira essas ideias bobas?

— A mãe da Milena escreve um bilhete pra ela todos os dias.

— A mãe dela não tem mais o que fazer. Eu tenho. Você está me dizendo que ela é uma mãe melhor que eu? Quer morar lá? Quer que eu ligue pra ela?

Levantou, andou até o telefone, pegou a agenda que ficava na mesinha de apoio, folheou como quem realmente iria ofertar a filha para uma estranha.

— Não, mãe, não, eu não quero morar lá, não liga, mãe, eu nunca mais peço um bilhete, eu prometo, pelo amor de Deus, mãe, para.

O bilhete estava nas mãos, mas as lágrimas não permitiam que as letras fossem vistas com clareza. A ansiedade de ter nas mãos o primeiro e único bilhete que receberia da mãe borrava toda e qualquer imagem em que seus olhos tentassem focar. Desejava voltar no tempo, uma semana antes, quando não pensava na mãe, não sabia da doença, da morte nem de brincos ou bilhetes. E já que estava ansiando pelo que não teria, voltaria um pouco mais, para quando era criança, e conversaria com a mãe. Mudaria o jeito como ela a tratava, porque, se ela soubesse que a filha sofreria tanto um dia, não faria o que fez, não é possível. Cresceria sendo amada, nunca se afastaria e, quando a mãe morresse e ela herdasse o brinco, sentiria só saudade, não aquela dor horrível, uma mistura de mágoa, lembranças ruins e coisas estranhas que não podiam ser chamadas de amor.

Tinha pouco pelo que sentir saudade, poucas memórias às quais se apegar. E talvez esta fosse a dor maior, a das memórias imutáveis e permanentes. As lembranças não teriam tempo para serem refeitas, não ganhariam novas cores. Não haveria conversa sobre o passado. Tampouco retratação ou novas formas de se relacionarem.

Segurou o bilhete com cuidado. O papel não tinha um cheiro especial, textura mágica ou toque aveludado. Era apenas um papel normal, escrito por uma mulher normal. Por que mexia tanto com ela?

Me perdoa, e eu sei pelo que estou pedindo perdão.
Eu tentei, minha filha. Talvez devesse ter tentado mais.
Não sei.
Sinto muito, eu fiz o que pude.
Que você seja uma mãe melhor que eu.

Não sabe? Eu sei, você deveria ter tentado mais, muito mais. Muito mais, mãe, muito mais. Rita chorava e gritava. Sentia dor pelo "tentei", pela sensação de que não era amável o suficiente, de que algo a tornava indigesta, amarga ao paladar daquela que, disseram, lhe ofertaria amor incondicional. Tentou, como quem tenta comer quiabo e não gosta? Como quem tenta apreciar reggae, mas prefere rock? Seria possível alguém desistir de tentar amar um filho? Por que ela achava que tinha esse direito? Por quê?

O pedido de desculpas passou quase despercebido. Rita achava que tudo se transformaria quando ele chegasse. Mas nada se alterou. A inadequação continuava caminhando com ela, como uma sombra que mudava de tamanho e lugar com a variação da luz, mas continuava ali, impossível de se desvencilhar.

Que vida injusta esta, em que só uma doença cruel foi capaz de fazer com que a mãe a aceitasse. Foi vista, pela primeira vez, só na hora de dizer adeus. Queria que aquele bilhete fosse o suficiente e a fizesse pensar na mãe com mais amor, respeito e carinho. Mas a mágoa crescia, a dor se espichava. Tudo estava fora do lugar.

— Que brinco bonito, mãe!

A voz do filho a resgatou dos pensamentos angustiantes. Foi como uma boia salva-vidas: *respira, mãe, respira!*

— Gostou, filho? A sua avó que me deu. Na sua idade, eu também gostava muito dele.

— Coloca pra eu ver?

Rita pôs os brincos, a mão gelada segurando o lóbulo da orelha, a mão quente do menino apoiada na perna.

— Tá linda! Você é muito linda!

Uma lágrima escorreu, mas essa era diferente. Tinha dor, mágoa, tristeza, mas também amor e esperança.

— Obrigada, filho. Obrigada.

Demorou-se naquele abraço. A bagunça não a consumiria, estava certa disso.

• • •

O barulho do mar tinha um efeito calmante único. O som ritmado despertava em Lucas a sensação de ordem que ele precisava: a certeza de que, após uma onda, sempre viria a seguinte. A vida continuava, tudo ficaria bem. Saiu de casa antes que Aline acordasse. Desejava ficar sozinho, deixar que o silêncio crescesse a ponto de calar os pensamentos. Não queria pensar no que sentia diante daquilo tudo. Precisava deixar assentar a poeira, diminuir o furacão. Se pudesse, fugiria de si mesmo, daquela angústia estranha, da tristeza que insistia em tomar a direção. Mas não havia para onde fugir, então ficaria de frente para o mar, olhando a dança das ondas, esquecendo a mãe e a própria finitude.

Quando Marília ligou, anunciando a morte, Lucas queria desaparecer. O que aconteceria se tivesse a coragem de assumir a verdade? Não vou, aí jaz apenas um corpo, não é a minha mãe, não quero olhar para essa carne vazia. Não bastavam as lembranças do adoecimento, dos gemidos, do rosto abatido? Não queria a memória do caixão, das flores ao redor, do choro e da dor de todos. Por que não poderia ter o direito de pular essa parte? Mas jamais defenderia esse pensamento, não arriscaria ser lido como insensível, ruim, frio. Era justamente o contrário, mas não entenderiam. Não entenderiam que era medo, ansiedade, transbordamento de emoções confusas e pouca capacidade de lidar com elas. Era vontade de fechar os olhos, ficar quieto até que todo o caos parasse, até que tudo voltasse ao seu lugar.

A irmã citou uma lista de pedidos da mãe e ele não conseguia compreender o que significavam. Mal escutava as palavras, eram sons que alternavam entre o agudo e o grave, mas não carregavam conteúdo algum. Marília entregou um papel com endereços e pedidos anotados, "Vai, compra essas coisas". Sair dali para comprar salgados, brigadeiros e beijinhos foi um acalanto. Será que a mãe sabia que essa seria a incumbência dele? Será que por isso escolheu coisas que não eram marcadas com a morte, mas parte de celebrações da vida? Ninguém diz "sinto muito" para quem está comprando uma bandeja de doces, afinal. Fingir que nada estava acontecendo e pensar em outra coisa era tudo o que queria.

Cada segundo no enterro e na sala da casa, trocando palavras monossilábicas com o pai e as irmãs, foi vivido ansiando o instante seguinte. Desejava que um minuto puxasse o outro, que puxaria o outro, que, por sua vez, puxaria o próximo. Assim o tempo correria apressado, levando consigo o que estivesse no caminho. Não queria resolver certidões e burocracias nem decidir quem faria companhia ao pai nos primeiros dias após a morte. Olhou os pés cheios de areia e pensou nas inúmeras vezes em que a mãe fingia não se incomodar com aquela sujeira só para vê-lo feliz. Não era dada a declarações de amor constantes, a palavras gentis, a colo e carinho, mas Lucas sabia que aquilo significava "Eu te amo, meu filho". Como entraria na casa novamente, sem que fosse recebido por ela no portão? Sentiria falta das ligações diárias, da insistência pelas visitas, das preocupações sem sentido. O que faria com aquela falta que tomava tudo?

Segurou o pingente que pendia do colar no pescoço, e uma lágrima caiu. Vira aquele pingente poucas vezes até receber o envelope entregue por Marília. Uma pequena figa de ouro, presente dado pela avó quando a mãe se casou, porque um homem como Bené poderia despertar muita inveja, uma sorte como aquela precisava ser protegida. Antes disso, a mãe nunca recebera um presente da própria mãe. Assim que abriu o envelope, foi ao shopping e comprou um colar para carregar consigo a proteção dupla, da avó e da mãe, que certamente o abençoavam de onde estivessem. Não passou um tempo contemplando, sentindo, analisando. Queria atropelar a dor, sair do outro lado, não importava quantos pedaços ficariam pelo caminho. Não sabia que lidar com a dor sem tempo e cuidado mutila, deforma. Há que se permitir atravessar e ser atravessado por ela, sem pressa, sentindo sua angústia, sua ansiedade e seu desespero. Só assim é possível não ser desfeito a ponto de não conseguir se refazer.

Ali, de frente ao mar, tocando o pequeno talismã, sentia saudade, tristeza, revolta e medo. Achou que conseguiria fugir das conversas difíceis, do olhar penetrante de Aline, da vontade de saber se ele estava bem. Mas os pensamentos não se calavam, mesmo que insistisse muito.

Lembrou-se do dia em que se perdeu da família numa praia como aquela. Rita era um bebê. Marília, uma menina de pouco mais de quatro anos. Ele acabara de completar seis. Corria para a água, a onda chamando. Entrava quando o mar se retraía, corria para a areia quando ele voltava. Gargalhava com aquela dança, a água molhando a ponta dos pés, os pingos se espalhando pelo corpo, o gosto salgado invadindo a boca, o sol espalhando brilho pelo chão. Ficaria uma vida com aquele bailar, a imensidão azul, a areia fofa sob os pés, o vento como quem canta uma prece.

O estômago, porém, não se perdia em dança alguma. Reclamou o sanduíche de atum que estava na caixa térmica, o queijo coalho do ambulante ou quem sabe um picolé de coco. O menino saiu do mar para voltar logo. Deu as costas ao amigo e procurou a família na areia. De uma hora para outra, os guarda-sóis se multiplicaram, tomando tudo. A paz e a alegria sumiram. Ficou sozinho e assustado. Corria pela areia desesperado: "Mãe, mãe, cadê você, mãe?" O coração doía, e se não encontrasse a mãe nunca mais? Se ela desaparecesse para sempre, como ele ia viver? "Mãe!"

Uma mão firme o segurou pelo braço. "Onde você estava, menino? Fiquei apavorada, você nunca mais saia de perto de mim, está me ouvindo? Se você fizer isso de novo vai apanhar." E o abraçou forte. Lucas conseguia sentir o coração acelerado se acalmando ao encontrar o coração dela. Agora tudo ficaria bem, ele estava a salvo, encontrou a mãe, tudo voltara ao seu ritmo habitual. A mãe tinha colo para afastar o medo e sanduíche para matar a fome. A vida não acabaria enquanto ela estivesse ali.

A angústia agora era a mesma do menino de seis anos, mas mamãe não viria. Não ganharia abraço, sanduíche de atum ou colo. Aceitava de bom grado até a ameaça de surra para poder correr para ela novamente e dizer "Mãe", e escutar "Meu filho". Queria sentir o seu toque, escutar a sua voz, chorar sabendo que ela estaria ali. Levantou-se da areia, caminhou até a água e, sem refletir, disse sim para a dança que o mar propunha. Depois correu para a areia, água pingando nas pernas, gosto de sal na boca. A areia fofa brilhava. Ficou ali, um passinho para frente e outro para trás, brincando com a onda, por um tempo que não saberia dizer, até que o telefone tocou. Atendeu rindo e chorando, criança e adulto.

— Amor, onde você tá, tá tudo bem?

— Sim, tá tudo bem. Daqui a pouco eu volto.

— Tem certeza que tá tudo bem?

— Nem um pouco. Mas já, já eu chego. Te amo, beijo.

Bailou mais um pouco, sabia como voltar para casa.

• • •

Irmãos Soares

Marília:
> Criei este grupo pra facilitar a nossa comunicação. Rita, não perguntei se podia, mas acredito que você saiba da importância de ficar perto do NOSSO pai neste momento.

Lucas:
> Que bom, vai facilitar mesmo.

Rita:
> Tudo bem, eu sei que ele é o NOSSO pai. Vou assumir as minhas responsabilidades. Ele está bem?

Marília:
> Acho que devemos nos revezar passando lá em casa. Se cada um de nós aparecer duas vezes na semana, ele não vai ficar sozinho.

Rita:
> Eu fico com a segunda e a quarta.

Lucas:
> Posso ir na quinta e no sábado.

Marília:

Ok, fico com a terça e a sexta. Nos revezamos nos domingos. Por sinal, neste domingo poderíamos ir todos, com as famílias. Tudo bem pra você, Rita?

Rita:

Ok.

Lucas:

Como vocês estão?

Marília:

Triste, mas seguindo. Muito trabalho pra fazer, vou ocupar a mente.

Rita:

Não sei dizer como estou. Mal, talvez.

Lucas:

Eu não consigo acreditar. Simplesmente não consigo. Esses dias eu estava lembrando de quando a gente era criança, das lojinhas que a gente fazia no quintal. Sempre acabava em briga, vocês lembram?

Rita:

Claro que eu lembro. Eu sempre me sujava e apanhava no final.

Marília:

Eu morria de medo de apanhar. Nunca apanhei, porque tinha medo só de ver a Rita apanhar. Não queria fazer nada pra deixar a mãe nervosa.

Rita:

Acho que você se divertia pouco. Mas eu tinha inveja de você, do cabelo arrumado, do orgulho que você dava pra mãe. Ela me deixou um bilhete dizendo que tentou, mas não conseguiu me amar mais.

Marília:

Que triste isso... às vezes eu tinha pena de você =(

Lucas:

Eu sempre tinha. Quer dizer, na maior parte do tempo. Achava injusto o jeito que ela falava, mas também entendia os motivos dela, saca? Sei lá... é complexo demais.

Rita:

Eu nunca odiei vocês nem ela. Na realidade, eu amava ela tanto, tanto! Só queria ser amada um pouco também. Acho que pedi mais do que ela era capaz de dar, pelo menos pra mim. Haja terapia.

Lucas:

A mãe tinha o jeito dela de amar.

Marília:

Você, então...

Rita:

Ela foi diferente pra cada um de nós. É difícil demais aceitar isso.

Lucas:

É...

Marília:

É... A gente sempre esperou tão menos do pai do que dela! Injusto. Se ele tivesse feito a parte dele de um jeito melhor, as coisas seriam diferentes. Ou não... Nunca saberemos.

Lucas:

É, nunca saberemos.

Rita:

Pois é. Vou sair, criança precisando da mãe.

Lucas:

Vou conhecer o meu sobrinho!

Marília:

Tomara que os meninos se deem bem. Eles não têm irmãos, primo é o mais perto disso que se tem.

Rita:

É... beijo pra vcs.

Lucas:

Vai lá, beijo. Hoje vou dar uma passada lá no pai. Até domingo! A gente pode pedir yakisoba.

Rita:

Boa! Até.

Marília:

Até.

• • •

Talvez a tristeza tenha ganhado da raiva, e eles baixaram a guarda por alguns instantes. Talvez tenha sido a oportunidade de escrever, em vez de simplesmente falar sem pensar. Talvez tenha sido a visita da morte, que sempre convida a repensar a vida. Rita, pela primeira vez, considerou que não deve ter sido fácil para Marília ser a filha perfeita — que pressão imensa, esse medo de errar. Ela também sentia essa angústia, mas tinha o gozo para contrabalancear o medo. Ficar só com o medo era duro demais. Marília pensou no bilhete da mãe, em como alguém pode viver com a convicção de que não era amado, lembrou-se de coisas que queria esquecer, coitada de Rita. Lucas refletiu que talvez a dor de receber atenção demais não tenha sido a pior de todas. Cada um tinha as suas razões para sofrer, as suas dores para lamentar. Mas, por um instante, uma pequena brecha nas armaduras se abriu, tiveram um vislumbre da existência do outro — de suas dores e também de suas complexidades. Talvez aquele fosse o começo de uma nova fase entre eles. Talvez não.

Marília espantou os pensamentos, a caixa de e-mails lotada exigia respostas imediatas.

Lucas entrou em uma chamada de vídeo, pensar na infância não resolveria absolutamente nada, para a frente é que se anda.

Rita acariciou a barriga e se perguntou se era tarde para engravidar novamente. O filho pedia irmãos há muito tempo. Quem sabe era chegada a hora de tentar.

Agradecimentos

Este livro não existiria se eu não estivesse cercada de pessoas incríveis que me apoiaram a me aventurar nessa jornada, tenho muito a agradecer.

Agradeço à Livia, minha editora e amiga querida, que em momento algum questionou o meu desejo de escrever uma ficção. Não imagino o susto de receber a minha mensagem dizendo: "Então, sabe o livro sobre irmãos? Não quero escrever uma continuação do *Educação não violenta*, ele quer vir como ficção!" Obrigada, minha querida, por todos os "Vamos nessa!", pela confiança, pelos encontros, pelas intensas trocas de áudios, pela disponibilidade de acalmar meu coração cada vez que a síndrome da impostora apareceu. Obrigada pelas suas opiniões, sempre sinceras e cuidadosas, pela paciência necessária para dar conta desta escritora ariana possuída por uma história. Que venham muitas outras!

Agradeço ao Grupo Editoral Record, a todos e todas que, com muito carinho, toparam dar vida a essa história.

Obrigada à Julia Barbosa, pela leitura criteriosa e pelas sugestões incríveis.

Obrigada à Letícia Féres, pelo cuidado na edição, pelos cortes necessários, pelas observações assertivas, por escutar, pacientemente, os meus áudios e ideias. Que privilégio eu tenho!

Agradeço aos meus filhos, Miguel e Helena, por me ensinarem tanto sobre a vida e sobre mim, pela constante disponibilidade para me amar, pela benevolência diante dos meus erros, pela relação intensa, bonita e vulnerável que estamos criando. Obrigada pela paciência com o meu modo escritora. Obrigada pelos gritos, comemorações e dancinhas da vitória quando eu fechei o computador e gritei: "Acabeee-eeeeeeeei!" Obrigada pelos momentos ao meu lado. Digo e repito, todos os dias: eu amo, amo e amo ser a mãe de vocês.

Agradeço a Isaac, meu marido, meu amigo, meu amor. Obrigada pelas inúmeras vezes em que me abraçou e me permitiu chorar e soluçar em seu peito. Obrigada por me lembrar de que sou capaz sempre que esqueço. Obrigada pela paciência, por sair com as crianças para que eu pudesse escrever, por ler cada capítulo assim que eu concluía, por escutar os meus desabafos sobre cada personagem como se estivessem vivos, por me apoiar no parto dessa história. Lembrando a música de Vanessa da Mata e Liminha: "Neste mundo de tantos anos, entre tantos outros, que sorte a nossa, hein? Entre tantas paixões, esse encontro, nós dois, esse amor."

Agradeço à minha irmã, Déborah, pela companhia, pelo colo, por ser apego seguro neste mundo caótico. Irmã, que privilégio dividir a vida com você! Obrigada pelas inúmeras vezes em que parou o trabalho, o seriado de tv e a rotina para me ouvir ler um trecho do livro, para me amparar nas minhas angústias, para chorar comigo ou simplesmente para me escutar dizer que estou com saudades e queria você aqui. Você é incrível, somos incríveis juntas.

Agradeço aos meus pais, pelo cuidado, pela entrega, pelo amor. Ao meu pai, pelas inúmeras vezes em que me incentivou a lutar pelos meus sonhos; à minha mãe, pelo apoio constante e incondicional. Cresço sempre que enxergo vocês para além de meus pais. Honro a história que os trouxe até aqui.

Agradeço aos meus amigos Tatiana Vilela, Alexandre Coimbra e Daniela Leal, pelas inúmeras vezes em que ficaram com as crianças, me apoiaram, ampararam meu choro e me deram colo. À minha amiga e comadre Ana Luzia e à Evelyn, pela leitura, pelos comentários, pela empolgação. À Mônica e Carol, minhas amigas e empresárias, que fizeram mágica com a minha agenda, em um verdadeiro Tetris diário, para me garantir tempo para escrever. Aos amigos e amigas que amo tanto e que não estão listados aqui, mas que fazem meu mundo melhor, muito obrigada! Meus amores, como é bom sonhar com vocês! Se quem tem um amigo tem tudo, imagina a minha riqueza nesta vida!

Agradeço a cada pessoa que me confia um pedaço da sua história em comentários, consultas, e-mails, encontros. Nunca conseguirei descrever a importância disso em minha vida.

A essa força que me inspira todos os dias, que me move, que me fortalece a intuição, obrigada por essa história. Que meus ouvidos estejam sempre atentos.

A você, que chegou até aqui. Obrigada pela companhia.

Este livro foi composto na tipologia Dante MT Std,
em corpo 12/16,5, e impresso em papel off-white,
no Sistema Cameron da Divisão Gráfica
da Distribuidora Record.